光文社文庫

文庫書下ろし／長編時代小説

黄昏の決闘
若鷹武芸帖

岡本さとる

光 文 社

この作品は光文社文庫のために書下ろされました。

目次

【黄昏の決闘　若鷹武芸帖】

黄昏の決闘

若鷹武芸帖

『黄昏の決闘　若鷹武芸帖』おもな登場人物

新宮鷹之介……公儀武芸帖編纂所頭取。鏡心明智流の遣い手。

水軒三右衛門……公儀武芸帖編纂所の一員。柳生新陰流の遣い手。

松岡大八……公儀武芸帖編纂所の一員。円明流の遣い手。

富澤春……春太郎の名で深川で芸者をしている。角野流手裏剣術を父・富澤秋之助から受け継ぐ。

高宮松之丞……先代から仕えている新宮家の老臣。

お光……元海女。公儀武芸帖編纂所に女中として勤めている。

鈴……徳川家に仕える別式女。改易された藤浪家の姫で、薙刀の名手。

中倉田之助……船津家の目付役。江戸表での武芸指南も務めている。抜刀術の達人。

中倉平右衛門……田之助の父で、抜刀術・大地流の創始者。

本多礼三郎……船津家の表用人。田之助のよき理解者。

第一章　年の瀬

一

師走《しわす》になると江戸の町は落ち着かなくなる。

朝晩がぐっと冷え込み、新年を迎える用意で、方々に市が立ち売り買いが賑々《にぎにぎ》しい。

いと、何やらじっとしていられない。

節季《せっき》の払いや掛取《かけと》りに憂いがない者までが、

「ああ、これじゃあ年を越せねえや」

と、しかめっ面《つら》をしたがるが、

「まあ、来年はおれにもつきが回ってくるだろうよ」

その反面、歳末の慌《あわただ》しさを楽しんでいるようでもある。

「おう、聞いたか？　あの小間物屋《こまものや》、年を越せねえと諦めたのか、どこかへ消えちまったそうだぜ」

「ああ聞いたぜ。色男を気取ったつもりが、性悪《しょうわる》女にひっかかっちまって、借金で首が回らなくなったって話だ」

「馬鹿な野郎だ。遊んだつもりが、遊ばれてやがったとはな」

「そういうお前も気をつけな」

「おれは小間物屋みてえな、のろまじゃあねえや」

「ヘッ、恰好つけてねえで、来年はおれみてえに女房子供のいる、落ち着いた男にならねえでどうする」

「何言ってやがんでえ、おれはまだまだ若《わけ》えんだ、女房子供なんて面倒なものはいらねえよ」

「そんなことを言っている間はまだ半人前だ。来年こそは身を固めて、一人前になりな」

「来年、来年ってうるせえや。だから年の瀬は嫌だ」

師走も中頃となったその夜。

こんな愚にも付かぬ話をしながら、職人風の男二人が千鳥足《ちどりあし》で神楽坂《かぐらざか》を西へ歩いていた。

二人もまた、師走の風にどこか浮かれる類のようだ。

彼らが目指すところは、武家屋敷と寺社が建ち並ぶ地域で、町屋は門前町《もんぜんまち》が点在しているのみである。

つまり夜ともなれば、人通りの少ない寂しいところだ。

この時期は節季の払いで金が動く。となればそれを狙う強盗も時に現れる。

提灯など手にしていると、うっかり標的になるかもしれないと思っているからだ。

それゆえ二人は夜でも提灯など持たない。

「この辺りはガキの頃から庭みてえなもんだ。目ぇつぶっていたって歩けらあな」

と、なかなかに用心深い。

もっとも、千鳥足の職人風を狙ったとて、懐に金など抱いていまい。辻斬りの類《たぐい》が、わざわざ狙うこともあるまいが――。

この夜は、ぼんやりと月が出ていた。

遠く離れた坂の向こうに、黒い人影が見えた。

何者かはわからぬが、腰に長い物が見えるから武士であろう。

目を凝《こ》らすと、影は背中向きに屈んでいて草履の鼻緒《はなお》をいじっている。

「こんなところで鼻緒が切れたのかい」

「気の毒だぜ、声をかけるかい？」

「よそうぜ、近頃はおかしな野郎が多いから、うっかりすると、かえって絡まれるぜ」

「そうだな、この先で右へ曲がってやり過ごすか……」

などと言い合っていると、影の向こうからやって来る、もうひとつの黒い影が見えた。

これもまた武士のようだ。

扇《おうぎ》を口許に当てて何か謡《うた》っているのであろうか、低い唸り声がかすかに聞こえてくる。

なかなかに風流を心得た、物持ちの浪人に思えた。

これが、屈《かが》んでいる影の近くを通り過ぎようとした時。

屈んでいた影が俄《にわか》に立ち上がった。

その刹那《せつな》、風流の武士が影に寄りかかり、支えられたように見えた。

心地よく酔った武士が、石にでも躓《つまず》いてこけそうになったところを、屈んでいた影が慌てて支えてやった——。

そう思われたのだが、やがて立ち上がった影が、闇の向こうに消えていくと、風流の武士は崩れ落ちるようにその場に倒れた。

「おいおい、倒れちまったぜ」

「飲み過ぎだぜ。仕方ねえ、やり過ごすわけにもいかねえな」

これも年の瀬によくある話だと、二人は倒れた武士の方へと駆け寄った。

支えてやった武士の姿はどこにも見えなかった。

「もうちょっと面倒見てやりゃあいいのによう……」

「先を急いでいたんだろうよ。もし旦那、こんなところで寝ちゃあ凍えてしまいますぜ。旦那……」

傍で見ると、やはり物持ちの武士であるのは、着ている物と刀の拵《こしら》えでわかる。

しかし、武士は息をしていなかった。

彼の周囲には、おびただしい血が流れ出していたのである。

「ということは、その酔った武士をすれ違い様に支えた男が辻斬りだったのか……」

二

新宮鷹之介《しんぐうたかのすけ》は、首を傾げた。

彼が頭取《とうどり》を務める、赤坂丹後坂《あかさかたんござか》にある武芸帖編纂所《ぶげいちょうへんさんじょ》を、火付盗賊改方同心《ひつけとうぞくあらためかたどうしん》・大沢要之助《おおさわようのすけ》が訪ねていた。

要之助は、鏡心明智流《きょうしんめいちりゅう》士学館《しがくかん》で共に剣を鍛えた、鷹之介の相弟子である。

互いに出仕するようになると、なかなか会う機会もなくなったのだが、火付盗賊改方で差口《さしぐち》奉公を務める儀兵衛《ぎへえ》が、編纂方の水軒三右衛門《すいけんさんえもん》にかつて世話になっていたという縁もあり、近頃は時折役所を訪ねて来るようになっていた。

あらゆる武芸帖を保存し、新たに編纂すると共に、その術《わざ》を日々検証する鷹之介である。

犯罪を取り締まる要之助にとっては、探索《たんさく》、詮議《せんぎ》においての手がかりを得るのに、真《まこと》にありがたい存在となっているのだ。

この日の訪問は、件《くだん》の武士殺害についてであった。

何かに躓いてこけそうになった武士を支えたと思われたもう一人の武士であったが、実はこ奴が物持ちらしいと見てとって抜き打ちに斬り、懐の財布を奪って逃げたのだと、要之助は断じた。

しかし、これを目撃した二人連れは、

「草履の鼻緒をいじっていたお武家が、刀を抜いたのは見ちゃあおりやせん」

と、口を揃えて言ったという。

どこかで斬られて、何とか歩いてきたものの力尽きた。

倒れたところに、たまたま草履の鼻緒が切れて直していた男がいて、思わず受け止めてやろうとした。

ところが武士は胴《どう》を斬られ血まみれであったから恐くなって逃げ出した……。

そのようには考えられないかとも検分《けんぶん》したが、そこへ至るまでの道に血痕《けっこん》は見当らなかったし、

「斬られた後にとても歩けるような傷ではござりませなんだ」

と要之助は眉をひそめた。

「うむ、であれば、やはり斬ったのはその場にいた武士で、そ奴は居合《いあい》の達人ということになろううな」

鷹之介はひとつ頷いてみせた。

「いかにも……」

そのことについて意見を求めに来たのだと、要之助は相槌《あいづち》を打った。

居合は武芸十八般《じゅうはっぱん》においては〝抜刀術〟に数えられる。

そもそもは、打刀《うちがたな》を帯びた状態で、至近距離からいきなり短刀で突いてくる敵を、いかに抜刀して迎撃出来るかに重きを置いて考案された武術と言われる。

いかに速く抜き、相手の技を受ける前に斬り倒せるか——。

これが大事なのだが、正座や立て膝など、座った状態で一瞬にして抜刀し、そしてまた鞘《さや》に戻す〝座り業《わざ》〟が、多く型に取り入れられている。

達人になると、いつ刀を抜いて納めたのかわからないほどの早業を身に付けているというから、夜目でもあり前述の二人連れには見えなかったのであろう。

鼻緒をいじっていたというのも興味深い。

下手人は鼻緒が切れた体《てい》を装い、狙う相手を待っていた。

そして通りかかったところを、立て膝に斬り払い納刀《のうとう》して、倒れる武士を両手で支え、懐から財布を抜き取ったのだ。

斬られた武士は、蓄財に長《た》けた風流人で、日頃から懐が重かった。

それでいて腕に覚えもあり、日頃から夜遊びをしても供《とも》など連れずに悠然《ゆうぜん》としていたそうな。

まさか鼻緒を直している武士が、抜き打ちをかけてくるとは思わず、なまじ武芸を修めているので油断が生じたのだと、要之助は見ていた。

とはいえ、相当武芸に汗を流した大沢要之助も、噂には聞くものの、

「本当に、抜いて納める動作が見えないほどの早業を持つ者がいるのでしょうか？」

そんな疑問が湧いてくるのだ。

「正直なところ、そこまでの武芸者は見たことがないな」

鷹之介もそのように応えるしかなかった。

それほどの腕があるなら、辻斬り強盗などせずとも、立派に武術師範として生きていけるであろう。

しかし、この武芸帖編纂所の頭取に就任してからは、そのような常識は武芸者の世界では通用しないことを鷹之介は思い知らされてきた。

思いもよらぬところに、恐るべき術を持っている者がいて、ちょっとした身の変《へん》遷《せん》から、まるで世間から知られていない境遇にいることが多々ある。

その辻斬りの武士も、そこに落ちてしまったのには、それなりの理由があったに違いない。

「おれとおぬしが知らぬだけで、それだけの術を持った賊がいたとて何も不思議ではあるまい。おれも抜刀術は自分なりに磨いてきたつもりだが、そこまでの術には至っておらぬゆえに口惜しい想いだ。これを機にまた向き合うてみとうなったよ」

鷹之介は、編纂所で調べてみて、何か手がかりに繋《つな》がることが出てきたら、すぐに報《しら》せようと応えた。

「忝《かたじけの》うござりまする」

要之助は威儀《いぎ》を正して、

「鷹様は、随分と貫禄が出てこられましたな」

「いやいや、要さんこそ、いかにも腕利きの火盗改《かとうあらため》の同心に見える」

〝鷹様〟〝要さん〟と呼び合う間柄に戻って、二人は爽やかに笑い合った。

「今日は、その話をしにきただけではなかろう」

鷹之介が問うた。

「わかりますか?」

「ああ、居合や抜刀に詳しい御仁《ごじん》は、要さんの周りには何人もいよう」

「ははは、確かにそうですが、こういう話は鷹様にこそ訊ねたきもの」

「もったいをつけずに申さぬか」

鷹之介が二十六歳、要之助は二十五歳。

歳も近く、何ごとにも前向きで爽やかさが身上の二人である。

こうして向かいあって談笑している姿は実に美しい。

昨年の秋に、久し振りの再会を果した時は、小姓組番衆《こしょうぐみばんしゅう》から武芸帖編纂所頭取に役替えとなって間もない頃で、閑職《かんしょく》に追いやられたと嘆《なげ》いていた鷹之介も、今はこの仕事にやり甲斐《がい》を見出している。

火付盗賊改方の精鋭と謳《うた》われ役儀に精を出す要之助との会話は明るく弾《はず》んでいた。

「もったいをつけているわけではございませぬが、まあ、その、ちと言いにくいことでして……」

「言いにくいこと？」

「妻《めと》を娶ることになりまして……」

要之助は頭を掻いた。

「ああ、そうであったか……」

それなりの付合いのある要之助が言い淀むのだ。どうしてすぐに察してやらないのだと、鷹之介もまた己が不粋《ぶすい》を恥じて頭を掻いた。

「いや、それはめでたい！」

「何の、めでたいというほどのものではございませぬ。まだまだ役儀もしっかりとこなせていない身が、妻を娶るなど真におこがましゅうございまするが、周りの大人達がうるそうございまして……」

「ははは、いかにも要さんらしい物言いだが、それを報せに来てくれたとは嬉しゅうござるよ」

鷹之介は、姿勢を改めて、剣友の想いに応えたものだ。

「時に、美津《みつ》殿はその後、息災《そくさい》かな？」

そして鷹之介は、要之助の妹で一年前に嫁《とつ》いだ美津を気遣った。

美津との間には、三百俵取りの旗本と、三十俵二人扶持《ににんぶち》の同心との身分違いの淡い、はかない恋があったが、もう今は美しい思い出に変わっている。

だからこそ、さり気なく問えるのだ。

要之助にしてみれば、長く家のことを任せられた妹がいなくなり、あれこれと不便も生じたのであろう。

「お蔭をもちまして、妹は懐妊《かいにん》いたした由《よし》」

要之助はもちろん、鷹之介と美津の間に悲恋があったのを知っている。

低い声で呟くように応えた。

「それもまためでたい！」

鷹之介は心より喜んで、

「いずれよき日を選び、祝いをいたさねばならぬな。その前に抜刀術について調べ、江戸に恐るべき遣い手がどれほどいるか、当りをつけてみよう」

何ごとも御役目大事と、要之助を励《はげ》ましたのである。

三

剣友の婚儀と、かつて恋心を抱いたその妹の懐妊。

慌しさに加えて、どこか物哀しくもなる年の瀬にこれらを報された鷹之介である。

少しは感慨に浸るかと思われたが、大沢要之助が編纂所を辞すと、頭の中は抜刀術一色になっていた。

早速武芸場に、編纂方の水軒三右衛門、松岡大八《まつおかだいはち》を呼び出すと、この探究を始めたのである。

武芸場の隅には、何ごとか始まるのかと、文机《ふづくえ》を手に書役《かきやく》を務める中田郡兵衛《なかたぐんべえ》が出て来て筆をとった。

さらに、女中のお光《みつ》が物珍しそうに男達を眺めていた。

「目にも止まらぬ速さで、刀の抜き差しをする……。そのような武芸者は、何人もおりましょうな」

三右衛門は、こともなげに応えた。

彼が編纂所へ来るにあたって、方々で出会った気になる流派や武芸者を記した書《かき》付《つけ》がある。

しかし、そこには居合や抜刀についての記述はなかった。

剣を志し、刀を身に帯びる者ならば、必ず抜刀術は心得ている。

それゆえ、書きとめるまでもなかったのだ。

「なるほど。何人もいるか……」

言うまでもないことであったと、鷹之介は苦笑した。

「頭取はいかがでござる」

「田宮《たみや》流を……」

「大八は？」

「大森《おおもり》流の手ほどきを受けた。そういう三右衛門は？」

「制剛《せいごう》流抜刀術を学んだ」

三人は頷《うなず》き合った。

皆、それぞれが抜刀術を学び、それを自分なりに稽古工夫を重ね、〝刀遊び〟をした記憶が蘇った。

「居合とか抜刀とか、そんなに大事なのですか？」

お光がぽかんとして口を挟んだ。

相変わらず物怖《ものお》じせぬ娘である。

女中とはいえ、お光は、白浪《しらなみ》流水術の継承者である。

編纂所内での武芸談義に参加したとて誰にも文句はない。

それに、元は海女《あま》であった彼女は、武芸というものを外から眺めることが出来る。

お光の純な感情が、武芸を見つめ直す、よいきっかけをもたらしてくれることも多々あるのだ。

「そう言われると、果してどうなのかと考えさせられるが、いざという時は、少しでも速く刀を抜ける方がよいのでな」

鷹之介は、お光に頬笑んだ。

鷹之介の場合は、かつて小姓組番衆を務めていたので、将軍警固の立場から、突然現れた襲撃者に対応しなければならなかった。

ゆえに、座った状態でも、しっかり抜刀が出来て、敵を打ち倒せる術が求められた。

屋敷へ帰ると、己が刀を抜いて、いかにすれば速く刀が抜けるかを入念に稽古をしたものだ。

「こんな風にな……」

鷹之介は、武芸場の中央に座し、愛刀・水心子正秀《すいしんしまさひで》を鮮やかに抜き、一度虚空《こくう》を斬り裂いた後、またすぐに納刀してみせた。

目にも止まらぬ速さであった。

「大したものですねえ……」

お光は、目をぱちくりとさせて感じ入った。

三右衛門と大八も大仰《おおぎょう》に相槌を打ったが、

「両先生はさらに速いはずだ」

鷹之介は、二人に演武を促した。

三右衛門と大八は、少し照れたように頬笑むと、ただ無言で次々と居合の型をしてみせた。

確かに速い。

白刃が煌《きら》めいたかと思うと、既に刀身は鞘に納められている。

鷹之介が想像していた以上の速さであった。

これには、鷹之介のみならず、中田郡兵衛、お光も圧倒されて、目を丸くした。

「先生方、どうやって抜いたんです?」

お光が問うた。

「なに、大したこともしておらぬよ」

大八が、ゆっくりと抜き、そして鞘に納めてみせた。

「要は、抜き付けと鞘引きの間《ま》じゃな」

三右衛門が解説をした。

右手で抜く、左手は鞘を後ろへ引く。

体の捌《さば》きに加えて、この動作を自分のものとすれば、素早く抜刀することが出来るのだ。

「う〜む、やはりまだまだわたしの術は、両先生と比べると、見劣りがする。困ったものだな」

鷹之介は嘆息《たんそく》したが、

「もう四十年近くも刀をいじっているのでござる。これくらいの術が身に付かねば何といたしましょうぞ」

三右衛門は労るように言った。

「三右衛門の言う通りですよ。それに、武芸者にとって大事なのは、抜刀の速さではのうて、日頃の心がけかと存じまする」

「日頃の心がけ？」

鷹之介は真っ直ぐに大八を見た。

武芸に秀でた旗本であっても、決して知ったかぶりはせず、素直に問いかけてくる。

大八は、若き頭取の目を見ると、己が見識のすべてをさらけ出し、伝えたくなってくる。

「ははは、頭取に申し上げるのは釈迦《しゃか》に説法《せっぽう》でござりましたな。つまり、相手の早業を食らわぬよう用心を怠《おこた》らねばよいということでござる……」

「なるほど、大殿《だい》が申されることはもっともじゃ」

鷹之介は大きく頷いた。

居合、抜刀の達人は世に多いが、それだけで武芸の道を極めた剣豪はまずいまい。抜刀の妙《みよう》に加えて、剣術が達者でないと、初太刀《しよだち》が外れたら勝敗が決してしまうからだ。

逆に言うと、初太刀さえ外せば後れをとることはない。

いついかなる時も、襲撃者がそこにいないか確かめ、相手の殺気をいち早く探知して、初太刀の間合を切る位置に立つ。

それさえ心がけておけば、居合、抜刀に屈することもなかろう。

大八は、そう言っているのだ。

大沢要之助がもたらした辻斬りの一件について考察すると、夜道に屈み込んで草履の鼻緒を直している男を別段怪しみもせず、容易《たやす》くすれ違った武士に心得がなかったことになる。

曲り角に達する時、武士はいきなりの襲撃に対するために道の端は歩かぬものだ。

荷物を持って歩く時も、風呂敷包みは襷《たすき》にして背中へ回し、両手は絶えず使えるようにしておく。

このような当り前のことに日頃から気を入れていればよいのである。

三右衛門も頷いて、

「頭取のただ今の抜刀は、実に見事でござった。用心を怠らず、日々二、三十本も抜いて手応えを確かめておけば、もうそれだけで十分でござろう」

と、何かと熱くなる若き頭取を窘《たしな》めるように言った。

水軒三右衛門ほどの武芸者が言うのであるから、鷹之介の抜刀術に不備はなかろう。

鷹之介はひとまず安堵《あんど》して、

「三殿の言う通りにいたそう」

抜刀術の演武はそれまでにした。

しかし気になるのは、辻斬りを目撃したはずの二人連れが、

「草履の鼻緒をいじっていたお武家が、刀を抜いたのは見ちゃあおりやせん」

と、調べに応えたことだ。

三右衛門も大八も、見事な居合抜きを見せたが、刀身がまるで見えぬほどのものではなかった。

そこまでの技を持つ者がいて、それが辻斬りになっているとは、まったく不気味

ではないか――。

これについて三右衛門は、

「人目につかぬよう抜刀する工夫に長《た》けているのでしょう」

と、推察した。

目撃した二人も、見る角度によっては白刃が目に入りにくかったはずである。下手人が背中を向けていたならば、素早く抜いて縦に斬り、巧《たく》みに納刀すればほとんど白刃の煌《きら》めきは見えぬと言うのだ。

暗殺者、刺客《しかく》、忍びの者などは、いかに人目につかぬよう刀を抜くかが勝負となる。

「まず、我らにとって何よりも武芸の名を汚す者共《ども》が、新たに成した隠し術というところでしょうな」

言われてみるとその通りである。

邪《よこしま》なことに武芸を利用する者は、ただ闇に紛れて人を殺すための術を作り出す。

千鳥足の町の男二人を欺くなど朝飯前の、妖術を身につけているのであろう。

だが、それほどまでの術を会得するのは並大抵のことではない。

「常軌《じょうき》を逸《いっ》しているところが油断なりませぬ。さりながら、そのような狂った男はそういるものではござりませぬ。あれこれ達人を辿《たど》れば、心当りも浮かんでくるはず」

日頃は何かというと三右衛門とは論争になる大八も、これに同意して、

「そ奴は方々で人を斬っているに違いない。心してかかりませぬとな」

と、しかつめらしい顔をした。

「ならばこの機に、抜刀術について調べを進めてみよう。中には忌むべき術も出てくるかも知れぬが、それを書き留めておくのも我らの務め……」

一座の四人は一斉に畏《かしこ》まってみせた。

「我ら……」

この言葉が鷹之介の口から出ると、えも言われぬ嬉しさが湧いてきて、力が出てくるのである。

四

今の抜刀術の実力があれば、それで十分である。柳生新陰流《やぎゅうしんかげ》・水軒三右衛門、円明流《えんめい》・松岡大八、二人の達人から認められた新宮鷹之介ではあるが、屋敷に戻ってからも体が疼いて仕方がなかった。

武芸帖編纂所は、新宮家と隣接している。

鷹之介にとっては、何かとありがたいことではあるが、役所と屋敷の移動中、外の風に当って気持ちを切り換える間というものがない。

今日の興奮が、鷹之介の心身を駆け巡り、なかなか収まりそうになかったのである。

老女の槇《まき》が、下女のお梅《うめ》を指図して、すぐに夕餉《ゆうげ》の膳を調《ととの》え始めたが、鷹之介はまず屋敷に設けられた小体《こてい》な武芸場に入って、真剣による抜刀を繰《く》り返した。

自分の前後左右に抜刀の達人がいて、今にも斬りつけんとしている——。

その状況を頭において、鷹之介は何度も刀を抜いた。

まず相手の刀を叩き落す、払う、すり上げる、そこから二の太刀で斬り伏せる。

いや、相手が刀に手をかけた刹那、抜く手も見せず斬り倒す。

これを薄暗い板間の上で稽古し始めたのだ。

一旦、体に火が点《つ》くと止まらなくなる。

一日、二、三十本も抜いてみて、手応えを確かめるくらいで十分だと三右衛門に言われていたが、その数はあっという間に五十を超えていた。

仮想の敵は、通りすがりの二人連れが、刀を抜いたのがわからなかったという賊である。

それほどの速さでいきなり斬りつけられた時、果して自分は技を返せるか――。

そんなことを考えていると、やはり自分の術が拙《つたな》く思えて、なかなか満足のいく居合抜き、抜刀が出来ないのだ。

ふと気付くと、武芸場の隅に老臣《ろうしん》の高宮松之丞《たかみやまつのじょう》がいて、不安そうに鷹之介を見つめていた。

――いかぬ、いかぬ。

鷹之介は、日頃の心がけが大事なのだと大八に言われつつ、稽古に夢中になるあまり、松之丞に気付かなかったのは本末転倒ではないかと苦笑して刀を納めた。

「爺イ、それにいたか」

「はい、何ごとが出来《しゅったい》いたしたのかと案じられまして」

松之丞は上目遣いに若き当主を見た。

何か心に引っかかりを覚えた時に、鷹之介は時として武芸場に籠《こも》り、型稽古に汗を流す。

それを誰よりもよく知る松之丞である。不審に思うのも無理はない。

いつもは夕餉の後、就寝までの間に眠れぬ夜への対策として剣を揮《ふる》うことが多いのだが、今日は帰るや否やの武芸場入りなので尚さらだ。

「いや、大沢要之助が参ってな……」

鷹之介は我に返って武芸場を出ると、松之丞に今日起こったことをいちいち話しながら夕餉の膳に向かった。

「なるほど、それでいても立ってもいられずに、武芸場で抜刀術の型を……」

松之丞は、話を聞き終えると嘆息した。

「まったく殿は、お変わりがござりませぬ」

「まあそう申すな。これでも武芸帖編纂所の頭取だ。あらゆる武芸を身につけておかねばならぬ身ゆえにな。ひとつ気になるとじっとはしておられぬのだ」

天真爛漫《てんしんらんまん》に応える鷹之介であったが、松之丞に笑顔はなかった。

――しまった。あの話をしたのは余計であった。

鷹之介は心の内で悔やんだ。

ついうっかりと、要之助が妻を娶り、美津がめでたく懐妊したという話もしてしまったのである。

「殿、御役目大事なのは真に結構ではござりまするが、新宮家の当主としては、いかがなものでござりましょうか」

松之丞は、いつもの倍ほどの分別くささで、諫《いさ》めるように言った。

――やはりそうきたか。

未だに妻を娶らぬ鷹之介に、松之丞はこのところ業《ごう》を煮やしていて、二言目にはこの言葉を持ち出すのであった。

「新宮家の当主として……？　まずそれは上様への忠勤を励むことが大事であろう」

将軍家によって新宮家は禄を得てきたのであるから、まずは忠勤が武士の務めである。

武芸帖編纂所頭取を拝命した上はひたすら御役のことだけを考えるのが本意だと、鷹之介もまた、いつもの応えを返したのだが、

「御役が大事なのは、言うまでもなきことでござりまするぞ」

今日の松之丞は、大沢要之助の婚儀を耳にして勢いがついている。

「大沢様とて、妻を娶るからといって、御役を疎《おろそ》かになされてはおりますまい」

と、痛いところを衝《つ》いてくる。

「それはそうだが……」

剣友の名誉のためにも、鷹之介は〝うん〟とは言えまい。

「武門の家というものは、代々受け継いでいくものでのうてはなりませぬ。殿は二言目には、この身は危ない役目にあるゆえ、いつ死んだとてよい覚悟を常に持っていたいと仰《おお》せでござりまするが、危ない御役にあるからこそ、世継ぎをもうけておかねばならぬと爺《じ》ィめは思いまする」

「鷹之介は、いかなる時にでも後ろ髪を引かれるものがあってはならぬと心得てお

るのじゃ」

「妻や子に後ろ髪を引かれて、忠義をまっとうできぬ殿ではござりますまい」

「それは知れたことだ。だが一瞬の迷いも生じさせずにいるには、身軽な方がよい。大沢要之助は火付盗賊改方という大きな役所にいるが、武芸帖編纂所は新宮鷹之介一人が幕臣なのだ。身にかかる役儀の重さが違う」

「ならば新宮家など、どうなってもよいと仰せで」

「そうは申しておらぬ。今はまだ編纂所も開かれたばかりで御役をまっとうできているとは言い難い。それゆえ妻など娶っている余裕がないと申しておるのだ」

「いや、未だ独り身では、一役所の長《おさ》としての貫禄が……」

「妻子がおらぬ鷹之介は、いかにも頼りのう見えると申すか」

「滅相《めっそう》もない……」

「世継ぎ世継ぎと申すが、おれはまだまだ死なぬぞ」

この一言で、松之丞の勢いが衰えた。

鷹之介としては、閑職に追いやられたと嘆いていた武芸帖編纂所頭取という役目が、日を追うごとに、

「己《おの》が天職かもしれぬ」

と、思えてきた。

三百俵取りの旗本の主。小さいながらもひとつの役所の長。とはいってもまだ鷹之介は二十六歳である。

今は師走ゆえ、またすぐに歳をとるのだから、このままではいけないと松之丞が思うのも無理はない。

自分のため、家のためを思ってくれているのはありがたい。

しかし、今は武芸帖の編纂を充実させ、その道筋であらゆる武芸を会得することの楽しさを、邪魔されたくはない。

「爺ィ、きたるべき時がくれば、もちろん妻は娶る。そう躍起にならず、長生きすることを考えておくれ」

鷹之介は、必殺技である人をとろけさせる笑顔を松之丞に向けた。

「ははッ……」

松之丞はついその笑顔に負けてその場から退《さ》がったが、いつもよりその表情は険しかった。

松之丞とて、新宮家に仕える武士である。己が命をかけて御家の発展を望むのは当り前のことなのだ。

恐るべき居合抜きの賊が現れた。

それがために大沢要之助が編纂所に訪ねて来た。それを受けて鷹之介が興奮を覚えるのはわかる。

だが、興奮すべきはそこではなく、まず要之助の婚儀についてではないのか。

恐らく大沢要之助は、見廻りの中《ちゆう》に赤坂丹後坂の近くに来たゆえ立ち寄ったのであろう。

その本意は、婚約の報告であり、それもどこか照れくさく、ひとつ年下の自分が鷹之介より先に妻帯するのを気遣って、件の辻斬りの話をまず持ち出したのに違いない。

つまり、口実にした事柄に興《きよう》をそそられ、

「要之助が妻を娶るのか。これは自分もおちおちとはしておられぬ」

などとは思わず、屋敷に戻るや食事も忘れて剣を抜く――。

――殿はちと物の考え方が、人と比べておかしいのではないか。

子供の頃から傍近く仕えてきたが、二十六歳の男がこれでよいのかと心配になってきた。

世間の荒波を渡っていかねばならぬというのに、爽やかで気性が真っ直ぐ過ぎる。

——それとも殿は女嫌いなのであろうか。

何よりもそこが気になり始めていたのである。

五

翌日。

新宮鷹之介は、若党《わかとう》の原口鉄太郎《はらぐちてつたろう》と中間《ちゆうげん》の平助《へいすけ》を供に、朝から支配である若年寄《わかどしより》・京極周防守《きようごくすおうのかみ》の屋敷へ出かけた。

定例の武芸帖編纂についての報告であったが、この間隙《かんげき》を衝いて高宮松之丞が動いた。

一年以上の間、鷹之介と顔をつき合わせて、武芸帖編纂を共にし、時には危ない橋も一緒に渡った水軒三右衛門と松岡大八に、己が疑念をぶつけてみようと思い立ったのだ。

二人は編纂方で、鷹之介の配下ではあるが、あくまでも浪人身分で、編纂所においては客分《きやくぶん》の扱いである。

それゆえ鷹之介は、ある意味では二人を武芸の師と敬い、また市井《しせい》に暮らす者達の機微《きび》を教えてくれる頼もしい友とも位置付けている。

この二人なら、鷹之介の男としての本質を、老臣の自分とはまた違った観点から見ているのではなかろうかと考えたのだ。

この際、書役の中田郡兵衛にも同席を願おうと、武芸帖編纂所の書庫に、三右衛門と大八を訪ねた。

さすがに若い娘であるお光の前では話しにくいので、

「そなたもたまには、外へ出て町の様子を見てくるがよい。方々に市などが出ておりますぞ」

と、小遣い銭を渡して、一刻《いつとき》ばかり遊ばせてやった。

そうして、お光が編纂所を出ると、

「ちと先生方に是非、聞いていただきたきことがござりましてな」

松之丞は威儀を正したのである。

三人は顔を見合わせた。

今は編纂所の新たな編纂対象が〝抜刀術〟となり、

「頭取はいこう意気込んでおいでじゃが、下手人の行方は、火付盗賊改に任せておけばよいのだ。まずゆったりと武芸帖を繙《ひもと》こうではないか」

と、三右衛門が提唱し、

「三右衛門、恐ろしい技を持つ人殺しがいるのだぞ。暢気《のんき》なことを申すな」

と、大八がこれを窘《たしな》めつつ、抜刀術、居合について記された武芸帖を、郡兵衛と共に引っ張り出さんとしているところであった。

そこに、思いつめた様子の松之丞が珍しく書庫を訪ねたので、いささか面くらったのだ。

「聞いていただきたきこと？」

「御老体、改まって何とされた」

三右衛門と大八が口々に問うた。

「某《それがし》が殿の留守中、これへ訪ねたのは、どうか御内密に願いまする」

松之丞はそう言うと、ひとつ大きく息をつき、

「我が殿はその、女というものをどのように考えているのか、某にはまったくわからぬのでござる」

と、大沢要之助の婚儀についての鷹之介の反応が自分には解《げ》せぬ、このままでは新宮家の先行きが危《あや》ぶまれると、己が悩みを吐露《とろ》した。

「う〜む、なるほど、考えてみれば御老体の申される通りじゃのう」

三右衛門が顎を撫でた。

「ここにいる三人は、皆独り身で、それに慣れてしまっているゆえ、あまり気にならなんだが、もうそろそろ妻を娶ろうと考えられてもよい頃でござるな」

大八が鼻の頭を掻いた。

「いやいや、今はこのお務めが楽しゅうなられたゆえ、そこに気が回らぬだけでござりましょう」

郡兵衛は、当り障《さわ》りのない意見を述べて、松之丞を労ろうとしたが、

「某も、いつかは殿も妻を娶られ御子を生すと思うておりまするが、今のままでは某が生きている間にそれが見られるかどうか……」

松之丞は深刻な表情を崩さない。

生きている間と言われると、三人は言葉に詰まった。

こんなものは縁がすべてであるから、そのうちなるようになるだろう、などと気安めは言えない。あまり深刻になって話を聞くと、松之丞が老い先短かいと思っているように受けとられかねない。

とかく老人の嘆きは面倒なのだ。

それでも、松之丞にとっていても立ってもいられないほどの悩みになっているのは事実である。

武芸に生きる者には本来妻子などは必要なく、妻子がいたことで大八などは苦労を強《し》いられた。

愛すべき新宮鷹之介のこととはいえ、彼の婚儀などどうでもよい——。

それが本音ではあったが、三右衛門も大八も郡兵衛も、ここ来てから、高宮松之丞の忠勤には頭が下がるものがあったし、いつしかこの老臣への友情が生まれていた。

とにかく松之丞の気がすむようにしてやりたかった。

「御老体。まず、頭取は御老体がこの世からいなくなるなどとは、思うてもおられぬのでござろう」

郡兵衛がにこやかに言った。

軍幹《ぐんかん》という筆名で、黄表紙《きびようし》の読本《よみほん》などを書いているだけのことはある。

こういう時の言い回しには、なかなか味わい深いものがある。

ここは郡兵衛に任そうと、三右衛門と大八は目で合図をした。

松之丞は少し気をよくして、

「そうでござろうかのう。まったく殿は、いつまでも子供の頃のままで、某に甘えてばかりで困りものでござるよ」

と、喜色《きしよく》を浮かべつつぼやいた。

「確かに頭取は、一人の男としては邪念がなさ過ぎる。それがいささか奇怪ではござるが、何ごとに対しても、一途で真っ直ぐなところがまた身上《しんじよう》でござる。あまり周りが騒ぎ立てると、迷いが出てそれがお務めの障りとなるかもしれませぬぞ」

郡兵衛は淡々と語る。

「う〜む、今はただ様子を見るしか道はござらぬかのう……」

松之丞は腕組みをして、しばし考え込んだ。悩みは解消されたとはいえぬが、人に話したことで幾分気持ちが和らいでいた。

「実のところ、何よりも気になるのは、殿は女嫌いではないかと、それが案じられてならぬのでござる」

松之丞は本音をさらけ出した。

「ははは、それは考え過ぎでござるよ」

大八は一笑に付したが、

「いやいや、御老体が案じるのも無理からぬことじゃぞ」

三右衛門は、ややおもしろがって言葉を挟んだ。

「三右衛門、おぬしはそのように何かというと話を茶化すのが悪い癖じゃ」

大八がそれを咎《とが》めたが、

「茶化しているわけではないが、頭取にはまるで女けがない。わしにはそれが不思議でならぬ」

三右衛門は、ますます好奇の目で思い入れをした。

大八は窘めようとしたが、郡兵衛も頷いて、

「そのことについては、わたしも水軒先生と同じ想いですな。なるほどそう言われると、そのきらいは確かにありますな……」

真顔で言った。

「考えてもみられよ。頭取は、強くやさしく颯爽《さっそう》とした若殿でござるぞ。婚儀となると面倒ゆえなかなかその気にならぬのはわかりますが、外へ出れば女がうようよと寄ってきましょう」

「そうなのでござるよ」

松之丞が身を乗り出した。

今年の初めに、鷹之介が神田佐久間町《かんださくまちょう》にある〝おんな薙刀《なぎなた》道場〟を訪ね、鼻持ちならぬ女師範をやり込めた時。

その門人であった旗本の娘達は鷹之介に恋をして、次々と新宮家に縁談が舞い込んだ。

今となればどこかの姫との縁談を強引にまとめておけばよかったのかもしれぬが、あの折の鷹之介のもて男ぶりは大したものであった。

いかに困惑の出来事であっても、中には美しい娘もいたはずで、少しくらいは身に寄ってくる女達に興をそそられてもよさそうなものだ。

それなのに、鷹之介はまったく見向きもせずにいた。

その後、九州の大名であった藤浪豊後守《ふじなみぶんごのかみ》の娘・鈴《すず》姫が編み出した植木《うえき》流薙刀術を見出し、これを武芸帖編纂所の記録に残したのだが、鈴姫は明らかに鷹之介を慕っていた。

だが、それにも鷹之介はまったく気付く様子はなかった。

「つまり、殿は女心がまるでわからぬ唐変木《とうへんぼく》なのでござる」

松之丞は溜息をついた。

「ははは、大八、おぬしと同じじゃ」

三右衛門にからかわれて、大八は憤然としたが、それは当を得ているので黙るしかなかった。

「そもそも女嫌いであれば、いくら様子を見たとて詮なきこと。それを御老体は憂えておいでなのですな」

郡兵衛が松之丞の胸の内を察すると、老臣は我が意を得たりと元気付いて、

「そこでござるよ。女嫌いゆえ妻を迎えぬとなれば、御家の一大事でござるぞ」

武家は世継ぎをもうけることが、ひとつの務めであると松之丞は思っている。正妻に子が生まれなければ、側女《そばめ》に産ませてでも子を得ねば御家安泰とはいかぬ。これは愛情とは別の理屈であり、きれいごとですまされるものではない。新宮家の下女・お梅は、なかなかの縹緻《きりよう》よしなのだが、鷹之介はまったくそれを意識せず、手をつける素振りなど微塵《みじん》もない。

もちろん、奉公人に手を付けるような殿であってもらいたくはないが、どの家でもよくあることで、そこから生まれた子が世継ぎとなり活躍する例はいくらでもある。

女嫌いであるよりは、むしろそれくらい女好きの方が松之丞にとってはよいのだ。三右衛門は鷹之介から、士学館で剣を学んでいた頃、兄弟子達に連れられ遊里に行ったことがあったと聞いていた。

それゆえ女を知らぬわけでもなかろうが、これも付合いで仕方なく行き、女を知ればもうそれでよいだろうと、武術をひとつ修めたくらいに思っているのかもしれない。

「どこからか養子を迎えればよい」

などと言い出す恐れもある。家来にしてみれば養家と実家の間の軋轢《あつれき》などにも気遣わねばならないし、御家を乗っ取られるような気にもなる。

「頭取にまるで女けがなかったわけでもあるまい」

大八がふと思い出して、

「確か美津殿に、想いを寄せられていたことがあったはず」

「美津殿か……。そういえば、そのようなこともあったな」

三右衛門も相槌を打ったが、俄《にわか》に障子戸の向こうに、

「〝みつ殿〟と言っても、お前のことではないぞ！」

と、呼びかけた。

「なんだ……。あたしのことじゃあないのか」

戸が開いて、お光が顔を覗かせた。

「何だお光、町に出たのではなかったのか？」

大八が呆れ顔で言った。

「出ていこうと思ったんですがねえ、あたし抜きに何か話をしようって肚《はら》が見えたのでね……」

お光は口を尖らせた。

「それで立ち聞きしていたのか？」

「座って聞いてましたよう」

「まったく口の減らぬ奴だ」

男達は失笑した。

「みつはみつでも、大沢要之助殿の妹御の美津殿じゃよ」

松之丞も、お光に肚を読まれていただけに、こうなれば彼女を仲間に加えぬわけにはいかなかった。

「なんだ、つまらない……」

「頭取はただでさえ、女に興をそそられぬのだ。お前に想いを寄せるわけはなかろう」

大八がからかうように言った。

「言っておきますがねえ、浜で溺《おぼ》れそうになっている殿様をお助けした時、あたしは腰巻ひとつだったんですよう。その時殿様は、目のやり場に困って、まず着物を着てくれ……なんて。それはあたしを女として見ていた証拠《あかし》ですからね」

「わかったわかった。そのうち頭取のお手が付くかもしれぬな」

「嫌ですよう。恥ずかしいじゃぁありませんか……」

「本気にする奴があるか」

大八とお光のやり取りは、日増しにおもしろくなってきている。

「で、殿様はその美津殿に恋を？」

「いや、前にほのかな想いを抱かれておいでのようであったが、それとて何があったわけでもなく、美津殿は嫁がれて、めでたく御懐妊の由。殿はそれを今では素直に喜ばれておいでなのじゃよ」

「そんなら、そのお人のことが忘れられないってわけでもありませんねえ」

「そうじゃ。忘れられぬ恋などというほどのものではない」

松之丞はまた、大きな溜息をついた。

この面々に相談したとて、詮なきことであったと思い始めていたのである。

六

「まあ、高宮の旦那の気持ちもわからないではありませんねえ。鷹旦那ときたら、いつまでたっても女の気持ちに疎《うと》いというか、察しが悪いというか……。ふふふ。でも、そこがあの殿様のよさなんじゃあないですかねえ」

女芸者の春太郎《はるたろう》が、三味線《しゃみせん》を爪弾きながらからからと笑った。

高宮松之丞は、その美しい指先を見ながら、

「姐さんまでそのような……」

苦い顔をした。

編纂所でさんざんにぼやいていた松之丞は、それでもぼやき足らずに、もうすっかりと行きつけになった深川永代寺《ふかがわえいたいじ》門前の料理屋〝ちょうきち〟に足を運び、春太郎を呼び出した。

若年寄・京極周防守邸から戻った新宮鷹之介に、

「たまには、両先生を御接待申し上げとうござりまする」

と、断ってのことだが、

「おお、それはよい。爺ィもたまにはゆったりと飲むがよい。春太郎に会うたら、よろしく伝えておいてくれ」

鷹之介は大いに喜んで送り出してくれたものだ。

鷹之介にしてみれば、松之丞と嫁取りのことであれこれ言い争っていただけに、飲みに出てくれるのは大いに助かる。

水軒三右衛門と松岡大八が一緒なら何も心配はいらないし、この間に存分に抜刀術の稽古が出来るのだ。

相変わらず武芸一筋の鷹之介である。

松之丞は苛々《いらいら》しながら深川へとやって来たのだ。

〝ちょうきち〟で一杯やるのはありがたいが、三右衛門と大八は気乗りがしなかった。

どうせ松之丞は、春太郎相手に鷹之介が本当に女嫌いかどうかを語り、いかにすれば鷹之介が女に興をそそられるようになるかを相談したいのに違いない。

春太郎は、鷹之介が色里《いろざと》で唯一贔屓《ひいき》にしている女芸者であり、春太郎ならば女の目から鷹之介の男としての資質《ししつ》を誰よりも見抜いているであろう。

だが、聞くだけ野暮ではないか。

春太郎のことだ。そこはうまく言い繕って、松之丞をひとまず安堵させるに違いない。

松之丞もそれがわかっていて尚、春太郎によって気持ちを落ち着かせてもらいたいのであろう。

新宮家一筋、鷹之介がすべてである松之丞の想いには胸を打たれるが、付合わされる方は面倒だ。

わかりきった展開を悟って、中田郡兵衛は早々と武芸帖の整理にかこつけて、編纂所に籠ってしまったし、

「まず、あたしのような小娘が出しゃばったって何も出やしませんからね」

松之丞は、賑やかしにお光も連れていこうとしたのだが、こんな時に春太郎に会いに行く松之丞に反発したのか、お光も郡兵衛の飯の仕度を理由に編纂所を出なかった。

春太郎が座敷に来てから、松之丞は何度溜息をついたことであろうか。

酒が回ってくると、

「まずそんなことで、殿は今頃、抜刀術に我を忘れていることであろうよ」

捨て鉢《ばち》な物言いになってきたが、

「高宮の旦那、そうお悩みにならずともようござんすよ。わっちが見たところでは、鷹旦那は決して女嫌いではないと思いますがねえ」

「そなたの目からはそのように見えるか」

「はい。ただお旗本の縁談となれば、あれこれと面倒な儀式典礼などというものがあるのでしょう」

「そんなものは、この高宮松之丞に任せてくれたらよいのだ」

「でも、殿様の御相手となれば、お家柄に相応《ふさわ》しい姫が嫁いでおいでになるんでしょう」

「まあ、そうなろう」

「お顔を見たこともないようなお人が……」

「どこかでそうっと御覧いただくくらいのことはするつもりじゃよ」

「まず見てから一緒になつたとして、そこから夫婦としての情を深めていくのには、それなりの暇がかかるはず」

「そういうものじゃ」

「その暇があるなら、刀を抜いていいたいのでしょうよ。今は振りたいだけ振らせてさしあげたらどうなんです？」

「なるほど、女は嫌いではないが、気心の知れておらぬ女と共に暮らすのが面倒じゃとな」

「はい」

「ならば姐さん、いっそそなたが殿の妻になってくれぬか」

「わっちが？」

目を見開いた春太郎の面長な顔に、一瞬恥じらいが浮かんだ。

三右衛門と大八は、その美しさに見惚《みと》れつつ、御家一筋の堅物《かたぶつ》と思っていた松之丞の思わぬ一言に、大いに気分がよくなり、

「おお、それはよい」

「そなたなら気心も知れておるというものじゃ」

それぞれ膝を打った。

「何を言ってるんですよう、もう酔っ払っちまったんですか？」

春太郎はすぐにしかめっ面になって三人を詰《なじ》った。

「あたしは盛り場で三味線を弾いている芸者なんですよ」

「いや……」

すかさず三右衛門が、

「そなたは、角野《かどの》流手裏剣《しゅりけん》術師範・富澤秋之助《とみざわあきのすけ》殿の息女《そくじょ》ではないか」

「何が息女ですよう。富澤秋之助なんて、武士の内には入りませんよう。食い詰めて危ない仕事に手を出した素浪人なんですから」

「いやいや春殿、そなたの御父上と会うたことがあるが、なかなか立派な武芸者であった」

大八が続けた。

三右衛門と共に、宴席の座興であったが、半分は本音であった。

「身分が違うというならば、御老体、どこぞの御旗本の養女にしていただけたならば叶わぬものでもござるまい」

三右衛門がたたみかけるように言った。

「なるほど。その手がござったな」

酔いにまかせて言った松之丞であったが、話すうちにその気になってきた。

しかし、春太郎はその手には乗らない。

そんなことを本気にして動くほど、彼女は小娘ではないのだ。

「からかってはいけませんよ。わっちも夢を見る歳じゃあないし、今さらお武家の養女なんてごめんですよう」

「しかし春殿。そなたは殿が好きであろう」

「高宮の旦那、そいつは言わずもがなのことですよ。わっちは鷹旦那にほの字でございますよう。あのお方が妻を娶り、子を生《な》したとしてもずうっとね……」

「左様か」

「でもねえ、鷹旦那はわっちを女としちゃあ見ておりませんよ」

「女として見てはおらぬ？」

「そんなことはなかろう。のう三右衛門」

大八は首を振り、

「ああ、春殿を女として見ぬ男はいまい」

三右衛門は頷いた。

「ところが、鷹旦那だけは違うのですよう、まったく口惜《くや》しいけれど、女として見ちゃあいない」

それでも春太郎は、しみじみとした口調で言う。

「ならば春殿を、殿は何と見ておいでなのじゃ?」

松之丞はまた溜息をついた。

「仲間、ですかねえ……」

「仲間?」

「はい。たとえば同じ剣術道場で共に汗を流し、励まし合ったような……。ふふふ、仲間とはいささか口はばったいことでございますが……」

春太郎の言葉に、三人の男は大きく頷いた。

さすがは自前の売れっ子芸者にして、手裏剣術の達人である。

新宮鷹之介を見る目が、正しく的を射ている。

仲間は終生失いたくないものである。

芸者春太郎は、武芸帖編纂所の宴席になくてはならないものだし、手裏剣術の遣い手・富澤春《はる》としては、時に武芸場に出入りしてもらいたい。

それを女として見ては、何かの拍子に仲間ではなくなってしまう。

鷹之介はそれを恐れているると言いたいのであろう。

それでも尚、何を失おうが傷つこうが、

「この女を自分の物にしたい」

と、思うのが恋であるならば、

「わっちも女としては、まだまだってところなんですよ」

春太郎はそう言って口惜しがるしかないのである。

松之丞は、その意味をわかりつつ、

「ああ、わからぬ、わからぬ！」

低く叫んだ。

「仲間ゆえに好きではあるが、仲間ゆえに好きにはなれぬ……。禅問答をしておるのではない。そなたほどの女を、女と見ることができぬのなら、つまるところ、新宮家の唐変木には、一生浮いた話も起こるまいて」

「そう決めつけて考えてはなりませんよ」

春太郎は松之丞の盃に酒を充たしながら、ニヤリと笑ってみせた。

「男と女のことは、ちょっとした縁と間ですよ」

「縁と間、か」

「久しぶりに会った人が、びっくりするほど好い女になっていた……。なんてことがあるでしょう。その時が、ちょうど人恋しい時だったり、心の内に屈託《くったく》があったり、御家来に早く妻を娶るようにと叱られたり……」

「ははは、そのような時に、たまさか好い女と出会うたら、新宮鷹之介も恋に落ちると申すか」

「はい……。鷹旦那は男色好みでも女嫌いでもありません。今はたまさか刀の抜き差しが楽しくて仕方がないだけなのでしょうよ」

「う〜む……。わかったようなわからぬような話じゃが、春殿にそのように言われると、縁と間が舞い込んでくるまでは、そっと見ておくしか道はないか……」

松之丞は、またも溜息をついたが、この度はそこにほのぼのとした響きが交じっていた。

三右衛門と大八も、ほっと息をついた。

「御老体、春太郎がそのように言うのであるから間違いはござるまい。頭取は女嫌いなどではない。明日、縁と間がとび込んでくるかもしれませぬぞ」

三右衛門は高らかに笑うと、

「だが姐さん、ただの仲間では、どうもつまらぬのう」

労るように春太郎を見て、座敷の小窓を開けた。

窓からは堀を隔《へだ》てて永代寺の景勝が見える。

辺りが夜の色に染められるまで、まだ間遠い頃合である。

そこかしこに見える人々は、一様に落ち着きがなく足早に映る。

頼りない天の光の中で、その光景を眺めていると、何やら孤島に一人取り残されたかのような寂しさを覚える。

「とは申せ、仲間がいるというのは、実にありがたいが……」

そして三右衛門は、すぐに窓を閉じると、珍しく感傷を込めて言った。

七

その夜、高宮松之丞が屋敷に戻り、鷹之介に挨拶に出向くと、彼は夕餉をすませ書見の最中で、

「爺イ、戻ったか。もう少しゆるりとしてくればよかったものを。うむ、左様か春太郎は達者にしていたか。何よりじゃ。あの姐さんは、我らにとって同志だからな」

松之丞の顔を見ると、いつもの爽やかな笑顔を見せた。

——仲間ではのうて同志。同じことじゃな。

さすがは春太郎だと思いつつ、

「楽しゅうござりました……」

やさしい若殿の言葉に気圧《けお》されて、何も言えずにすごすごと下がった。

鷹之介は、〝ちょうきち〟で、皆が彼を〝女嫌い〟ではないのかと案じていたとは知る由もなく、口うるさいはずの老臣に、一切のわだかまりもない。

――ありがたい主君じゃ。

と、思わねばなるまい。

それでも、松之丞の心の内には、

「いや、しかしのう……」

この言葉が何度も出てくる。

若党の原口鉄太郎に訊ねると、鷹之介は京極邸から戻り、松之丞達が深川へと出かけると、すぐに編纂所へ出仕し、夕方に戻ると屋敷の武芸場に入って、ひたすら抜刀術の稽古をしていたらしい。

――これでよいのか。いや、縁と間じゃ。これがいきなり舞い込むかもしれぬではないか。

そう自分に言い聞かせて翌朝を迎えたのだが、早速ひとつの〝縁〟が舞い込むのではないかという兆を得て、老体に気力が充実してきた。

「爺イ、昨夜は心地よう酔いが回っていたようなので、朝のことにすればよいと思うて言わなんだのだが、御支配からお達しがあってのう」

顔を合わせるや、鷹之介が言った。

「京極周防守様からのお達しと申されますと、もしや御加増《ごかぞう》があるとか……？」

そうだ、新宮家には主の出世の道が目前にあったのだと、松之丞は思わず前のめりになったものだが、

「残念ながら、それはまだ先のようじゃ」

「左様にござりまするか……」

「鈴殿のことを覚えておろう」

「鈴殿……？　藤浪様の姫君の……」

「左様、今日の昼に編纂所に参られるとのことじゃ」

「何用あってお越しになるので？」

「武芸の鍛練じゃよ」

前述したように、鈴姫は徳川《とくがわ》家に仕える別式女《べっしきめ》である。

別式女とは、女の園である奥向きに仕える武芸者で、奥向きの警固、奥女中達の武芸指南などを務める。

家斉《いえなり》から、奥女中達の武芸の腕が鈍っているので、手本になる薙刀《なぎなた》の名手を探すよう命じられた鷹之介は、染井《そめい》村の植木屋に鈴を見つけた。

彼女は九州で五万石を領する藤浪家の姫で父・豊後守を籠絡《ろうらく》した佞臣《ねいしん》を成敗した。

しかしその家政不行届きを咎められ、評定所《ひょうじょうしょ》での取調べの中、豊後守は亡くなり御家は改易《かいえき》に――。

その後は家来筋の植木屋に身を寄せ、薙刀を枝刈り用の大鉈《おおなた》に持ち替え、無聊《ぶりょう》を慰めていた。

そして外の者には誰にも心を開かず、隠遁者《いんとんしゃ》のように暮らしていた姫の心の扉をこじ開け、別式女として家斉の御前へ送ったのが鷹之介であった。

その後は大奥で別式女として存分に働き、将軍・家斉の覚えもめでたく、知行《ちぎょう》三百石、雉子橋《きじばし》の外に屋敷を与えられ、一人の武芸者として出仕をしていた。

やがて鈴に婿をとらせれば、

「藤浪家の再興もなろう」

と、家斉は鈴を感涙させたものだが、大奥から鈴を離れさせるのが不憫に思うのか、未だその気配もなく、彼女は嬉々として別式女の務めに励んでいるそうな。

そのことは以前から、周防守に聞かされていて、鷹之介も面目を施していたのであるが、別式女としては常々武芸を磨いておきたい。

その願いを鈴が家斉に言上《ごんじょう》したところ、

「武芸帖編纂所を時に訪ねよ。そこならばそなたも気心が知れていようし、鷹も編纂方の二人もなかなかの遣い手じゃ。よい稽古になろう」

そのように申し渡されたという。

鷹之介自身、鈴の薙刀術には再び相対してみたいと思っていただけに、

「爺ィ、これはちとおもしろいことになってきたぞ」

鷹之介は機嫌がよかった。

——何がおもしろいのか。

鈴は美しい姫であったと記憶している。

その美しさに胸がときめくのか、薙刀の稽古が出来るのがありがたいのか。

その答えは後者に決まっているのだ。

鈴はやがて婿養子をとって、藤浪家を再興する身だと聞いている。ときめかれて養子にでも行かれたら困ってしまうので、まずどうでもよいことなのだが、

——美人より薙刀に心惹かれるとは、どのような頭の中なのであろうかのう。

一事が万事これだと諦めてしまうのである。

昼となり、松之丞は武芸帖編纂所に出張り新宮家の家来として、鈴を出迎えた。

今は別式女となった身ではあるが、かつては大名家の姫であったのだ。

それなりに礼を尽くさねばなるまい。

鈴が植木屋を出て登城を果した時、武芸帖編纂所で身仕度を整えたので、水軒三右衛門、松岡大八は無論のこと、中田郡兵衛や新宮家の槇、お梅も彼女とは顔を合わせていた。

一別以来であり、一同は再会を楽しみにしていた。

とはいえ、今日は武芸の稽古に来るのである。鷹之介は皆と共に武芸場で鈴を迎えることにした。

武芸場の隅で、槇、お梅と共に控えるお光は興味津々であった。

「女ながらに強いお人なんですってねえ。そういうお人は、男みたいにごつくて、鬼瓦みたいな顔をしているのかと思ったら、きれいなお姫様だっていうじゃありませんか。それでも何でしょうねえ。髪は若衆髷《わかしゅまげ》にして、小袖袴《こそではかま》に黒縮緬《くろちりめん》の羽織、細身の刀なんぞを腰に差しているんでしょうかねえ」

お光の頭の中には男装の麗人が浮かんでいるらしく、皆に訊ね回ってうるさいことこの上なかった。

とはいえ、野生《やせい》味溢《あふ》れる海女のお光にも、こんな想像が出来るだけの智恵が、今年の秋と冬の間についてきたのだ。

読本作者・中田軍幹の顔を持つ郡兵衛に、あれこれ話を聞き、読み書きを教わった成果が出たわけで、それが頰笑ましかった。

男装の麗人――。

言われてみれば、別式女にはそのような者が多いのかもしれない。

鈴を見つけ出し、彼女を仇《かたき》と狙う旧敵からの襲撃を阻み、無事に別式女として家斉の御前へと送り込んだのが今年の春。

それ以来、鈴には会っていないので、お光の無駄口によって、鷹之介以下、編纂所と新宮家の面々は、別式女・鈴の今について空想をふくらませていた。

そして昼を過ぎて、一時は姫に随身《ずいじん》して植木屋の奉公人として暮らしていた、村《むら》井《い》小六《ころく》、布瀬《ぬのせ》本蔵《ほんぞう》、りくを供に、鈴が編纂所にやって来た。

「これは一別以来でござりました……」

懐かしさと敬意を込めて、小六がまず鷹之介に恭《うやうや》しく挨拶をすると、いよいよ鈴が武芸場に姿を現したのだが、一同の予想に反して、鈴の姿は実に艶《あで》やかな武家の女であった。

髪は吹《ふ》き輪《わ》で、小袖に打掛《うちかけ》、旗本の若妻の外出という様子で、切れ長の目に、美しく通った鼻筋は御殿暮らしで、ますます洗練された味わいがあった。

歳は二十歳になっているゆえ、未婚ながら地味めの装いなのだが、それがまた実に美しく映えている。

一同は、あんぐりと口を開け、またすぐに閉じて頭を下げた。

八

「いや、別式女となられたゆえ、形《なり》も若侍のごときものかと、勝手に思うておりました」

一通り再会を懐かしみ挨拶を交わすと、鷹之介は楽しそうに笑った。

「別式女にはなりましたが、男にはなっておりませぬゆえ」

鈴もほがらかに返した。

世を拗《す》ねて、何かというと尖った物言いをしていた困った姫の面影は、もうどこにもなかった。

「左様でござりましたな。御女中の姿のまま、いざという時に存分に戦えるよう指南なされるのが姫の務め……」

「ほほほ、姫はおやめくださりませ。今のわたくしは一人の武芸者にござりまする」

「何とお呼びいたせばよろしゅうござりまするかな」

「鈴、と」

「ならば鈴殿、あれからの目ざましいお働きぶり、耳に届いておりまする。某も鼻を高うしておりましたぞ」

「お買い被りにござりましょう」

鈴の笑顔には、鷹之介への恋慕が見え隠れしている。

彼女の固く閉ざされた心の扉をこじ開け、身に迫る危機を救ってくれた若武者への想いは、そう容易く消えることはなかろう。

一座の者達は、鈴から溢れ出る華やぎは、きっと鷹之介に対する女心ゆえと感じていた。

或いは、将軍・家斉もそれを見てとって、武芸帖編纂所で時に武芸の鍛練をするようにと勧めたのかもしれない。

やがては婿をとらせて藤浪家の再興をと考えている家斉ではあるが、鈴が別式女として大奥の警固と武芸指南をするようになってからは、女中達の意識が引き締まり、妻妾達も鈴を頼みとするようになった。

となると、なかなか一人の武家娘に戻すことも出来ず、家斉なりに気遣ったのであろうか。

だとすれば家斉も罪なことをする。

ここへ来れば鈴の心も癒されようが、そもそも一緒にはなれぬ立場の殿御を、いつかまた思い切らねばならぬ時も来ようものを――。

鈴が想いを秘めつつも、決して表に出さぬようにと抑制の利いた物言いで終始鷹之介に接していることに、誰もが安心と頬笑ましさを覚えていた。しかしその一方では、このような鈴の切なさに、想いを馳せていたのである。

鷹之介だけは相変わらず、

「さぞや、その衣裳であっても存分に薙刀を遣われるのでござろうな」

早速、武芸談義を始めた。

無論、今日のおとないは支配からの命であり、それが本分であるのだが、もう少し近況を訊ねるなどしてもよさそうなものだ。

「はい。物々しい恰好で御警固もならぬと存じまして」

鈴も元より、恋に現《うつつ》を抜かす女ではない。

日頃は奥女中達に交じり、目立たぬよう警固をしていると鷹之介に説くと、

「まず、御覧くださりませ」

すっくと立ち上がった。

「これは楽しみでござる」

鷹之介も立ち上がって袋竹刀《しない》を手に取った。

鈴は持参した稽古用の薙刀を打掛を羽織ったまま構えた。

いつしか自ずと始まった稽古に、一同は顔を見合って小さく笑ったが、鷹之介も今は鈴を迎えるに当って、薄紫色の小袖に黒羽織に袴と、身形《みなり》を整えている。

内裏雛《だいりびな》のごとく映る二人が、無邪気に刀と薙刀で対峙する姿は、美しくもありど

こか愛敬《あいきよう》がある。

「いざとなれば、曲者の前へ出て薙刀を手に取りまする」

「だが曲者もなかなか遣いまするぞ」

「どうぞ参られませ」

「ならばこのように！」

鷹之介が踏み込むと、鈴は薙刀を傍の床に立てたまま打掛を脱ぎ、鷹之介に網を打つように投げかけた。

目にも止まらぬ早さであった。

一瞬空に舞った打掛が美しい花柄を見せびらかしながら鷹之介を覆う。その時には倒れかけた薙刀は、しっかりと鈴の手に握られていた。

「やあッ！」

鈴が打ち込む。

しかし、鷹之介もさる者、打掛に姿を隠しながら左足をひいて後ろに下がる。

切った間合の真ん中に打掛があると、鈴の足許も覚つかない。

だが、小袖の裾を巧みに割って、僅かに白いはぎを見せたかと思うと、鈴は打掛を跳び越えて鷹之介に迫った。

鷹之介は劣勢に立たされたが、何とか物打を払い構え直した。

「これはお見事！」

鷹之介は感嘆した。

「何とかかわしたものの、この間に御女中方が薙刀で曲者を取り囲む、一人では勝ち目はござりませぬな」

「畏《おそ》れ入ります……」

そこは武芸場である。

素晴らしい武術が行われると、恋がどうのという甘い感傷は吹き飛んで、厳《おご》そかな気が立ちこめる。

それからは、三右衛門、大八も加わって薙刀、小太刀と、鈴に必要な技について検証し、また新たな技を考案したりして、しばし刻を過ごした。

その後は、新宮邸に移り、ささやかな宴となった。

鈴とその従者達のその後についての話が出て、一間は大いに盛り上がった。

鈴姫の大鉈《おおなた》による枝刈りの妙技は今も健在で、雉子橋外の拝領《はいりょう》屋敷の庭木だけでは飽き足らず、隣近所へ挨拶代わりに出向いて披露して、大いに喜ばれたという。

小六、本蔵、りくの得意満面の様子が目に浮かぶようだが、
松之丞は、しみじみとして、

「真に、ようございましたな……」

藤浪家が改易となり、二年の間を植木屋で鈴に仕え続けた三人を労った。

知行三百石に拝領屋敷。ひとまずは武家の体裁が整い、禄を得て主に仕えることが出来た幸せははかり知れまい。

松之丞ならではの想いであった。

鈴主従も、新宮家では何も取り繕う必要はない。素直に人の励ましや情けを受けられる。

「頭取と先生、皆様方のお陰にござりまする」

五十歳の老臣、村井小六が頭を下げ、布瀬本蔵とりくがこれに倣《なら》う。

「ほんに、今は幸せにござりまする」

威儀を改める鈴の目にも光るものがあった。

哀愁を醸《かも》す鈴の顔《かんばせ》は、日暮れて点《とも》された燭台《しょくだい》の明かりにゆらゆらと照らされ

て、また一層美しく映えた。

すると鷹之介は、鈴を真っ直ぐに見て、

「鈴殿、ちと武芸場にお付合いくださらぬか」

「武芸場に？」

「いかにも、当屋敷にも小さな稽古場がござってな。忘れぬうちにお伝えしておきたき儀が……」

「はい……」

鷹之介は、武芸場に灯を点すよう原口鉄太郎に命じると、

「皆は盛大に飲んでいてくれ」

そう言い置いて、鈴を伴って広間を出た。

突然のことに一同は目を丸くした。

さすがの新宮鷹之介も、酒が入り、鈴の美しさに触れると、二人になって語り合いたくなったのか――。

皆が疑いなくそう思った。

宴の中で、皆を下がらせるわけにもいかないので、そこは鷹之介らしく武芸場に

鷹之介らしいではないか。

その不器用さも含めて、いかにも鷹之介らしいではないか。

下手に鈴に惚れてしまって、藤浪家の養子になるなどと言われては困るが、鷹之介が満更《まんざら》女嫌いでもないとわかれば、先行きに光明《こうみょう》が見えるというものだ。

「ははは、頭取も姫に会えて余ほど嬉しいと見える」

大八は豪快に笑って酒を飲み、三右衛門も松之丞と共に、本蔵、小六に酒を勧めたが、一同は武芸場が気になってならなかった。

ちょこまかと給仕に動き回っていたお光が、辛抱出来ずに覗きに行こうとしたが、

「はしたないことをするでない……」

と、郡兵衛はそれを止めた。

すると、小半刻《こはんとき》もせぬうちに鈴が一人で広間に戻ってきた。

「頭取は御一緒ではございませなんだか……」

さりげなく三右衛門が問うと、

「何やらわたくしに渡したい物があると、お部屋へお行きに……」

鈴は少しばかり顔を上気させて応えた。

その様子を見ると、誰もがやきもきとして、

「して、殿様は、その、何の御用があって武芸場へ……」

遂に小六が訊ねた。鷹之介が戻る前にそっと訊いておきたかった。

もしも色めいたことがあるなら、鈴は言葉を濁すであろう。

「さて、それは……」

一同が固唾《かたず》を呑む中。

「鈴殿は抜刀術はなされているかと」

鈴はにこやかに応えた。

――抜刀術！

一同は一斉に目を見開いた。

「覚えがないとお応えしたところ、何手か教えてくだされた」

奥向きに仕えていると、いざという時の瞬発力が求められる。薙刀を伏せておくのが難しい場所では打掛の内に二尺くらいの刀を忍ばせておいて、曲者が出れば瞬時に抜刀して、まず要人に迫る凶刃を払う。

特に居並びの場での警固にはそれがよい。正しく居合の神髄《しんずい》がそこにある――。

鷹之介はそれを鈴に伝えたかったらしい。

鈴以外の全員が拍子抜けにがっくりとした。

だが、鈴にとってはそのひと時が至福であったらしい。

彼女は顔を朱に染め、にこやかに頷いている。

——まったく殿ときたら。

松之丞は嘆息した。

宴の最中に連れ出してすることか。

そこに鷹之介が、一巻の武芸書を手に広間へ戻って来て、

「鈴殿！　ひとまずこれを読まれたらよろしかろう」

その一巻を鉄太郎に手渡し、彼の手から居合、抜刀術の極意書は、無事鈴にもたらされたのであった。

「ははは、只今、編纂所では抜刀術の編纂にかかっておりましてな。頭取の頭の中はそればかりでござりまするよ」

大八がまた豪快に笑って場を盛り上げた。

一同は次第に馬鹿馬鹿しくなってきて、小六と松之丞の謡《うたい》が出たり、本蔵のお

どけた小舞《こまい》が出たりして、とにかく場を賑やかにしてそれぞれが背負った気恥ずかしさを払いのけた。

その甲斐あって宴は盛会となり、鈴は大いに満足をして、

「上様のお許しを頂戴しておりますゆえ、また武芸の教授を願いまする」

鷹之介、三右衛門、大八に言い置いて、足取りも軽く、夜も更けぬうちに帰っていった。

「うむ、今日はよき日であったな、三殿、大殿、軍幹先生、お光、明日もまたよろしく頼みましたぞ」

鷹之介は終始上機嫌で、いささか疲れてしまった編纂所組を帰すと、やたらと溜息をついている松之丞に、

「爺ィ、いかがいたした。ははは、宴ではしゃぎ過ぎたのか。しかしどうも皆、落ち着かぬ様子で困ったものだな。これもみな師走ゆえのことなのかのう。どうも年の瀬はいかぬ」

実に爽やかに言った。

第二章　遠い春

一

師走の日々は、みるみるうちに過ぎていく。

鈴が武芸帖編纂所に訪ねて来てから、あっという間に五日が経った。

編纂所の面々も新宮家の家中の者達も、鈴が新宮鷹之介を慕っていることに気付きはしたが、それが縋《すが》りつくような女の情によるものではなく、

「小娘が幼馴染を兄と慕う」

そのような実に淡く、かつ大人ゆえに乾いた敬意に充ちた想いであると断じていた。

好意が恋になる前に、互いに目指す武芸の方に目がいってしまう。

鷹之介とまるで同じ体質なのであろう。

鈴姫が再会を約して新宮邸を去ったからといって、

「ああ、姫は今頃どうなされているのか……」

鷹之介にはまるでそのような哀感は見られず、とにかく抜刀術に夢中であった。

自らも納得がいくまで稽古をして、武芸帖を繙き、

「要之助の手助けになればよいのだが……」

と、〝早抜き〟の達人が江戸のどこかに埋れていないか探すことも忘れなかった。

とはいえ、大沢要之助はあれ以来、姿を見せていなかった。

やはり高宮松之丞が見たように、要之助が件の辻斬りについて鷹之介に報せたのは、あくまで自分の婚儀の報告のついでであったらしい。

もちろん、火付盗賊改方の務めが多忙で、いちいちひとつの件で編纂所を訪ねていられないのであろう。訪ねた以上は中間報告もしておかねばならぬと、昨日は手先の儀兵衛をして、辻斬りはまだ見つかっていないとだけは伝えていた。

鷹之介はそれを律儀と捉えて、さらに熱を入れているのである。

するとその日の夕。

俄に鈴が訪ねて来た。

出稽古の帰りであると言う。

近頃、鈴はその評判を聞きつけた諸大名家から、奥向きの武術指南に呼ばれているのだ。

将軍・家斉が気に入っている別式女であるから、招いておくとお上からの覚えもめでたかろうという向きもあるのだろうが、鈴の強さと凜《りん》として美しい佇《たたず》まいが奥女中達の羨望《せんぼう》となっていると聞いていた。

今日、鈴が赴いたのは、永田町《ながたちょう》に屋敷を構える羽州《うしゅう》七万石の大名・船津《ふなつ》家であった。

当主・出羽守《でわのかみ》は貴人を絵に描いたような、柔和《にゅうわ》で諸芸に通じた若殿である。

家斉からの信も厚く、家来達からは慕われていて御家は安泰といえる。

「このご家中に、抜刀術の達人がおいでなのです」

鈴はそれを伝えたかったのである。

その達人は、中倉田之助《なかくらたのすけ》という三十絡みの目付役で、江戸表《おもて》での武芸指南を兼ねている。

鈴は今、鷹之介の影響を受けて、居合に傾倒《けいとう》していたので、田之助の噂を耳にすると、

「何卒、ご教授を……」

まず対面を願った。

奥向きの別式女が、まさかそのような願いを申し出るとは思わなかったので、船津家の奥用人も面食らったが、

「なるほど、奥向きの警固にも居合を取り入れるべきでござりましょう」

鈴の意図を聞くと感じ入って、すぐに屋敷の武芸場に鈴を案内して、表用人《ようにん》に引き継いでくれたのであった。

女とはいえ、家斉は一人の武芸者として鈴を遇しているので、表であろうが奥であろうがお構いなしなのである。

表向きの用人は本多礼三郎《ほんだれいざぶろう》という四十絡みの篤実《とくじつ》な武士で、田之助のよき理解者であるらしく、

「彼《か》の者の抜刀術は、なかなかのものでござりまするぞ」

嬉々として応対してくれた。

やがて武芸場に現れた中倉田之助は、痩身《そうしん》で彫りの深い顔立ち。思いの外《ほか》顔色は青白かったが、

「お訪ねくださるとは、身の誉《ほま》れにござりまする」

と、鈴に指南を請われたことを喜び、抜刀の型をいくつか披露した。

鈴は瞠目《どうもく》した。

武芸帖編纂所で見た、新宮鷹之介、水軒三右衛門、松岡大八の技も大したものであったが、田之助の抜刀から納刀までの速さはそれ以上である。

そして、同じような所作《しょさ》であるはずなのに、どこか神秘が漂い余韻《よいん》が残るのだ。

もう少し色んな型を見てみたくなったが、いきなり願い出て、手間を取らせるのもどうかと思い、鈴は賛辞を贈って今日のところは辞去したという。

「中倉田之助……」

鷹之介には聞き覚えがなかった。

共に鈴の話を聞いていた三右衛門と大八も首を傾《かし》げていた。

「流儀は何と……?」

「水鷗《すいおう》流だと申されておりました」

「水鷗流でござるか」

水鷗流は、戦国時代に、三間与一左衛門《みまよいちざえもん》によって創始された武術で、特に居合で知られている。

鷹之介は、三右衛門、大八と共に、武芸帖を引っ張り出して、型を演武してみせたが、

「その型のようにも思えますし、また、違うようにも見えました」

鈴の応えは、はっきりしなかった。

水鷗流に学び、抜刀術を修めたが、そこに己が工夫を加えたのであろう。

いずれにせよ、鈴が見事であったと言うからには、それなりの実力を備えていることになる。

誰もその名を耳にしていなかったのは不思議であったが、武芸の裾野は広い。思わぬところで恐るべき術を持つ武芸者と出会えることが、武芸帖編纂所に勤める楽しみでもあるのだ。

本多用人の話では、文武を奨励する出羽守が、先年武術の指南役を召抱えるよう

号令を発し、彼が田之助を抜刀術の師範として見つけてきたのだという。

まだ船津家に仕官して二年ほどなのだが、田之助の抜刀の妙技には、江戸表の家中一同、感嘆しているのだと用人は胸を張った。

「それは是非会いたいものでござるな」

鷹之介は興奮気味に言った。

「そのように申されるであろうと存じまして、御用人に武芸帖編纂所のことをお伝えしたところ、いつでもお越しくださいと申されておりました」

用人は、武芸帖編纂所の存在を知っていて、訪ねてもらえたら栄誉なことだと喜んでいたらしい。

「それは忝《かたじけな》し。左様でござったか、この役所について知っておられたか……」

次第に名が売れ始めているのが嬉しくて、鷹之介は鈴の気遣いに感謝した。

「わたしもお役に立てて嬉しゅうござります る」

鈴はにこやかに頷くと、江戸城大奥へと戻っていった。

鷹之介は早速、船津家の屋敷を訪ねんと、翌朝には高宮松之丞を使者に立て、さらに次の日の昼前に三右衛門と大八と三人で足を運ぶ段に漕ぎつけた。

――やれやれ、これでまた鈴姫も頭取の〝仲間〟になったというところか。
三右衛門と大八はその道中、先日深川で春太郎が言った言葉を思い出していた。
せっかく〝縁〟と〝間〟が揃っていたというものを。鈴もまた鷹之介にとって、
女ではないのか――。
鷹之介にも困ったものだが、
――仲間に甘んじてしまう女もまた困ったものだ。
松之丞に移された溜息病が、何度も二人に吐息をつかせていたのである。

二

武芸帖編纂所の三人は、本多礼三郎を訪ねると大いに歓待を受けた。

別式女の鈴が家斉のお気に入りであるように、編纂所頭取の新宮鷹之介もまた、
家斉にかわいがられていると、聞き及んでいたようである。

まず三人は当主・出羽守に拝謁《はいえつ》した。

「ほう、頭取は殊《こと》の外《ほか》若い。身共《みども》と同じくらいかのう」

出羽守は既に鷹之介の噂を聞いていたのであろう。終始にこやかに武芸のことなど訊ねてから、

「中倉田之助の抜刀術はなかなかのものゆえ楽しみにされるがよい。頭取のおとないによって、少しは田之助も力を取り戻そう」

と言って、少し温和な表情を曇らせた。

やがて出羽守の御前を下がり、武芸場に案内されると、そこに現れた田之助は、ひどくやつれていた。

鈴からも、痩せていて顔色が悪いのが気になったと聞いていたが、出羽守の話からもわかるように、彼は体調を崩しているようだ。

「中倉田之助でござる……」

恭《うやうや》しく頭を下げる田之助を前にして、鷹之介はちらりと本多用人の顔に目をやると、彼は意味ありげに頷いてみせた。

――お察しの通り、体の具合が思わしゅうござらぬ。

彼はそのように断っていると思えた。

「武芸帖編纂所頭取・新宮鷹之介でござる。側の二名は、編纂方でござって……」

「水軒三右衛門……」

「松岡大八でござる」

鷹之介は、いつもの爽やかさのままで、田之助に名乗った。

「鈴殿より、抜刀術の恐るべき遣い手がいると聞きましてな。居ても立ってもいられず、やって参った次第にござる」

「これはありがたき幸せ……」

田之助は、鷹之介の言葉に元気が出たか、応える声は少しばかり嗄《しやが》れていたものの、幾分顔に朱がさしていた。

「ならば早速、型を御覧くださりませ」

剣術の立合のように体を激しく動かすわけではない。

それゆえ、抜刀術ならば披露出来ると、無理を押して武芸場に出て来たものと思われるが、打刀を手に居合の構えに入る姿は、しっかりとしていた。

武芸によって鍛えられた肉体は、強い精神によって保たれているのだ。

田之助は刀を左脇に置いて、武芸場の中央に座した。

鷹之介、三右衛門、大八は見所から見つめる。

「うむッ！　やあッ！」

やがて刀を腰にさし、片膝立ちになったかと思えば既に刃は抜かれ、目の覚めるような一刀が虚空を斬り裂くと、いつしか刃は鞘の内に納まっていた。

三人は息を呑んだ。

実に抜刀が素早く、かつ力強い斬撃、なめらかな納刀の動作には、鈴が言ったように、どこか神秘が漂い、深い余韻が残る。

顔色も悪く痩身の田之助である。

それが自在に刀を操る様子は、幽鬼が妖術を遣い、白刃を弄《もてあそ》んでいるように見える。

田之助は、十本ばかり技を披露した後、

「まず本日はこれぎりにて……」

鷹之介達に深々と頭を下げた。

「いや、滅多に見られぬ術をこの目で確かめられてござる。真にお見事、造作《ぞうさ》をかけてしまいましたな」

鷹之介は感服すると共に、田之助を労った。

何げなく抜刀を繰り返しているように見えるが、一刀に込める気は、今の彼の体力を一気に消耗させるほど激しいものなのであろう。

「真に情けなきことにござりまする」

田之助は口惜しそうに言った。

「既におわかりでござりましょうが、わたしは只今体を病んでおりまして、本日はこの上満足に稽古をこなせませぬ」

「そのようにお見受けいたすが、またすぐに体の具合もよくなりましょう。その時は存分に拝見させていただきましょう」

「忝《かたじけの》うござりまする。一時と比べまするると、このところは少し休めば、またすぐに力が湧くようになっておりまする。次はさらなる技を御披露いたしましょう」

田之助は力を振り絞って応えた。

鷹之介は、いかにして今の抜刀術を編み出したか、誰に習ったかなど訊ねたかったが、田之助の体を気遣って、再会を約し辞去しようと思った。

しかし、田之助はさらに力を振り絞り、

「ひとつお願いがござりまする」

と、精気なき顔に目だけをらんらんと輝かせて鷹之介を見た。

「何なりと」

「この度は、頭取と御両所の抜刀術を御披露いただけませぬか」

「ははは、中倉殿の居合を見た後に、お見せするのは気後れがいたしまするな」

「いえ、方々の武名は、わたしの耳にも届いておりますれば、拝見するのも修行の内だと楽しみにしておりました。何卒、御披露のほどを……」

見れば励みになるし、励みが力をかき立てるものだと願われると是非もなかった。

鷹之介、三右衛門、大八は、それぞれ五本ずつ演武をしてみせた。

田之助の表情に僅かばかりであったが、精気が戻ったように見えた。

「いや、思うた通りでござりました。実に美しい。それぞれの動きが理に適《かの》うてお
りました」

田之助は興奮気味に言った。

三右衛門は苦笑いを浮かべて、

「そのように言われると、お恥ずかしゅうござる」

「抜く手も見せず……、というところでは、中倉殿の方が、某より速うござる」

大八が続けた。

「いえ、抜くのが速いからとて何になりましょう。御三方は機を見て相手の初太刀をかわす術をお持ちのようで……。抜き打ちに斬れぬとなれば、立合うたとてわたしに勝ち目はございませぬ」

田之助は、そう言うと咳きこんで苦しそうな顔をした。

鷹之介はそれを見て長居は出来ぬと、

「今日は最早、お暇《いとま》をいたしましょう。互いの技を見せ合えただけでも満足。あれこれ話したきことはござるが、又の機会といたしとうござる」

と、申し出た。

「申し訳ございませぬ」

田之助は詫びつつ、

「是非またお会いしとうございまする。必ずや体の具合を整え、次は武芸帖編纂所にわたしの方から見参いたしたく存じまするが、よろしゅうございまするか」

と、願い出た。

「訪ねてくださるなら、これほどのことはござらぬ。いつでもお待ちいたしておりまするぞ」

そうして鷹之介達と田之助は別れた。

田之助の顔は、少し朱がさしては消え、青白い顔が変わることはなかったが、やつれた表情に希望の光が宿っていた。

彼はゆっくりと一歩一歩踏みしめるようにして武芸場を去っていった。

用人の本多礼三郎は姿勢を正して、

「さのみ御役に立てずに申し訳ござりませぬ」

この数ケ月病がちとなり、鈴に教えを請われ、元気になったものの、またすぐに調子を悪くしたのだと弁明した。

「何の、これは当方が押しかけたようなもの。かえって御苦労をかけてしまったような……。とは申せ、病の身ながら、実に見事な抜刀術でござった。ひとつひとつを我ら三人で目に焼きつけましたゆえ、御懸念には及びませぬ」

鷹之介が感じ入り、謝意を示すと大概の者は恐縮してしまう。

女心は摑《つか》めねど、男達の心を摑み取るのに長けた鷹之介を眩しげに見つつ、三右衛門と大八は、共に船津邸を後にした。

「中倉田之助……。なかなかの武芸者でござりましたな」

大八はしみじみとして言った。

「いかにも。速さでは、我ら三人より勝っていた。そしてまた、速さばかりでは立合では勝てぬという理屈もよく心得ていた。鈴殿が感じ入ったと言うのも無理はない」

鷹之介は、ほんの僅かな間であったが、中倉田之助と心が通じ合えたような気がしていた。

「それに、初太刀を外せばどうということはない、などと申していたが、あの抜き打ちをまともに食らえばひとたまりもない……」

そして田之助の凄まじい居合の技が、目に焼き付いて離れなかった。

「惜しゅうござりまするな」

三右衛門がぽつりと言った。

「惜しい？」

「あれは、時をかければ治る病ではござりますまい。恐らく胸を病んでいるようなな」

その傍で大八も虚《むな》しく相槌を打った。

「やはり両先生共にそう思われたか」

鷹之介も三右衛門と同じ想いで見ていたのだが、この心やさしき青年は、

「風邪をこじらしているのであろう」

と、会っている時は自分に言い聞かせていた。

それは鈴とて同じ想いであったに違いなかった。

痩せていて顔色が悪いと伝えたものの、余命いくばくもないというような言い方はしていなかったが、何かを感じていたに違いない。

「もしかすると、半年ももたぬかもしれませぬなあ」

三右衛門が冬晴れの空を見上げながら言った。

あれほどの腕を持ちながら、仕官二年で死んでしまうとは誰もが思いたくない。

船津出羽守にも、用人の本多礼三郎にもその想いが垣間見られた。

ここへ来て、公儀別式女と武芸帖編纂所が田之助の腕を認めて、わざわざ訪ねて来たのである。

何か中倉田之助に奇跡が起こるのではないかと考えるのも無理からぬことだ。

だが、人の死生に触れて人生を歩んできた水軒三右衛門は、

「今この時に死を迎えようと、武芸者にとっては大したことではない。老いさらばえて修めた武芸を遣えぬのなら、それは自分にとって死んだも同じである」

と、常々思っている。

中倉田之助が明日死ぬかもしれぬと心得て、彼とは付合うべきだと三右衛門は言いたいのであろう。

そこに、やさしさゆえのかすかな望みなど必要ないのだ。

「頭取、訊きのがしたことがあるのならば、早めにお訪ねあるべきかと存ずる」

彼は淡々と本音を述べた。

「うむ、そういたそう」

芸者の春太郎は、女との出会いは〝縁〟と〝間〟が大事だと言ったが、鷹之介にとってその二つは、どこまでも武芸を巡って回って来るらしい。

三

再会を誓ったものの、新宮鷹之介はどの間をもって中倉田之助を訪ねようか、と逡巡《しゅんじゅん》した。

次の日に面会を申し込んだとしても、田之助は断らないだろう。

しかし、それで無理をさせることがあれば、田之助の命を縮めてしまおう。

水軒三右衛門は、

「どうせ長くはござるまい。まだ動ける時に訪ねた方が、田之助殿にとってはようござろう」

と言うであろうが、さりとて既に一度訪ねているというのに、相手の体の具合も考えずすぐに再訪するのは、気が引けてならなかった。

そうするうちに、さらに時は過ぎる。

いよいよ文政《ぶんせい》二年も、残りあと僅かとなった頃。

またも鈴が編纂所に訪ねて来た。

この日もまた、抜刀術を学びたいとのことであった。

鷹之介も大奥の警固に有益だと勧めた手前、三右衛門と大八に任せておくわけにもいかず、自らも武芸場に出て、これに当った。

打掛の陰に忍ばせておいた刀で曲者を抜き打ちに斬る――。

まずはその状況を想定した稽古を四人でしてみた。

これが武芸帖編纂所の役儀かというと疑問を覚えるが、武芸を磨きたくば〝鷹〟の許へ行けと将軍・家斉が言ったとなれば、これも主命である。

そしていかなる稽古であっても、するうちに楽しくなって夢中になるのが鷹之介である。

打ち興じると、あっという間に二刻《ふたとき》がたった。

その間、〝鈴来訪〟の報が耳に届いても、新宮邸から高宮松之丞は出張って来なかった。

美しい武家の女として再会した折は、鷹之介の心を惑わせるかとやきもきしたが、彼女もまた〝仲間〟ならば、編纂所で勝手に遊んでもらえばよかろう。

そのように達観していたのである。

しかし、この新たな仲間は武芸者としてはなかなかに優秀である。

「うむ、それならば、大奥に賊が出たとしても、たちどころに成敗されましょうな」

鷹之介を唸らせるほど、抜刀術が遣えるようになってきた。

どこかの道場にせっせと通って修練しなくても、気心の知れているところで、こつを教われば、武芸の素養のある者はすぐに会得出来ることが、鈴によって確かなものになる。

「これが道場の主であれば、もったいをつけてなかなか極意は教えぬものでござるが……」

かつてまったく流行《はや》らない道場を構えていた大八は、そういう食わんがためにせねばならぬ駆け引きから解き放たれて、

「思えば幸せでござりまするよ」

と、鈴に技を教授しつつ、楽しそうに笑ったものだ。

鈴も夢中になって稽古をしていたのだが、

「これはしたり……！　申し上げるのを忘れるところでした」

そろそろ今日の稽古も終りにしようかというところで、甲高い声をあげた。

「中倉先生が、随分とお悪いようで……」

その日も朝に、船津家の奥向きの武術指南に出向いた鈴は、あわよくば中倉田之助から一手教授を願えればと、用人の本多礼三郎に声をかけた。

すると用人は、打ち沈んだ様子で、

「生憎《あいにく》、中倉は……」

言葉を濁した。

皆まで聞くほど、鈴も頭の鈍い女ではない。

「左様でござりまするか。どうぞよしなにお伝えくださりませ」

努めて明るく言い置いて立ち去ろうとしたのだが、今度は本多の方から、

「頭取は、お忙しくされているのでござりましょうな」

と、鷹之介について問われた。

「お忙しいとは思われますが、中倉先生とはまたお会いして、あれこれ居合や抜刀術についてお訊ねしたい。そう申されています」

あれから鷹之介は、すぐに鈴へ文を届けてその想いを伝えていた。

田之助の体の具合などは一切盛り込まずに、お蔭で素晴らしい術を目にすること

が出来たと、紹介してくれた鈴への礼状としたのである。

その文を一読したので、鈴は尚さらもう一度、田之助の居合を見たくなったのである。

すると本多用人は、

「そのようにお思いであれば、中倉も喜びましょう。なかなか稽古するのは思うにまかせませぬが、剣について語るくらいであれば、いつでもお出ましいただけたらと存じております……」

実に言い辛そうに伝えたという。

一役所の長が、稽古も出来ぬ田之助に、わざわざ会いに来てくれるはずもなかろう。

ましてや、一度会っただけの病人を訪ねたとて、気味が悪いだけであると、彼は遠慮しているようであった。

「中倉殿がそのような……」

鷹之介は一瞬にして表情を引き締めた。

鈴の前に姿を出せないというのは、余ほど具合が悪いのであろう。

それでも語りたいと言うからには、まだその余力があるのだ。

行かずばなるまい。

田之助とは一度ゆったりと語り合ってみたいと思っていた。

長年付合っていても、さして大事に思わぬ相手もいるし、昨日今日の付合いで、わかり合える人もいるのが人の世である。

「鈴殿、よくぞ報せてくれましたな」

鷹之介は深く謝した。

一手教授を請うたというのに、田之助の頭の中には、新宮鷹之介との面談にしか興味がないのであるから、鈴にしてみればどうでもいい話であった。

「男同士というのはよろしゅうございますするな。何やらすぐにわかり合えて……。

鈴は、それがどうも口惜しゅうございます」

などと、少し拗ねてみせるのがまた美しい。

そして、口惜しがる対象が、武芸にまつわるものであり、そこに鈴の〝女〟はまったく見えなかったのである。

四

新宮鷹之介はすぐに船津家上屋敷へと出かけた。

番士に案内を請うと、飛びだすように本多礼三郎が迎えてくれた。

「わざわざのお運び、真に忝うござりまする。中倉も喜びましょう」

本多は丁重に遇したが、この日はどこか人目をはばかるような様子で、鷹之介を御長屋へ連れて行った。

「申し訳ござりませぬ。本日お越し願いましたのは、わたくしの一存にござりまして……」

彼はそのことについて、申し訳なさそうに弁明した。

鷹之介も、小姓組番衆として大きな組織の中で仕えてきたので理解出来る。

今日、中倉田之助を訪ねるのは、彼の後見を当主の出羽守から一任されている本多用人の裁量によるもので、船津家として鷹之介を招いたわけではない。非公式なおとないにしておきたいのであろう。

船津出羽守は鷹揚《おうよう》な殿様で、鷹之介の来訪を喜ぶであろうが、大名家の上屋敷は江戸における政庁であるから、気楽に出入り出来るところではない。

武芸帖編纂のためとはいえ、公儀の役人が屋敷内に入ることを喜ばぬ家中の士もいるのであろう。

あくまでも、病に伏せた田之助を見舞いに来た知人の枠の中に、鷹之介を含めておきたかったのに違いない。

それは本多の保身のためではない。

すぐにでも、田之助に鷹之介を会わせてやりたかったゆえの処置で、むしろ後で知れると専横を問われかねぬ振舞いとも言えよう。

浮世離れしたところが多々ある鷹之介もそこには気が回るゆえ、今日は供も連れず、一人の武芸者としてそれらしい形をして訪ねていた。

「忝うござりまする」

本多は鷹之介の心得が嬉しく、深く感じ入っていたが、鷹之介もまた本多礼三郎を、

——武士の情けのある、信じるに足りる男。

と見た。

「随分とお悪いので？」

田之助が住まいとする御長屋へ向かう間、鷹之介は低い声で訊ねた。

「残念ながら……」

本多はしかつめらしく頷いてみせた。

麹町《こうじまち》の水鷗流剣術道場で田之助を見出した二年前には思いもよらなかったと、彼もまた低い声で応えた。

その言葉のひとつひとつに田之助への惜別の想いが込められているようで、鷹之介は彼の死が迫っていることを新たに思い知らされた。

田之助の御長屋は、武芸場の庭の外側にあった。

武芸指南と共に、目付役を与えられていた彼の住居は、なかなかに立派なものであったが、家には下男とおはしたがいるだけで、妻はいなかった。

本多は、帰る際は下男にその由を告げてもらいたいと鷹之介に伝えると、一旦その場から離れた。

「その折は、忝うござった」

鷹之介は家へ上がると、通された客間で田之助と対面した。

田之助は思いの外顔色もよく、部屋に布団はなく、普段着ながらも肩には羽織ものせていた。

いつでも横になれるようにしつつ、寝間を出て鷹之介を迎えたかったようだ。

胸の病ゆえ、それなりの距離を置かねばならぬと気遣ったのであろう。広間の端と端に火鉢を置いて、彼は鷹之介と向き合った。

「忝いなどとは、とんでもないことでござりまする……」

田之助は深々と座礼をした。

声に力はないものの、屈託は感じられなかった。

「実は、以前からお噂を伺い、一度お会いしたいと願うておりました。それが鈴殿から頭取の話が出て、身震いするほど嬉しゅうござりました……」

「それならば、お訪ねした甲斐があったというもの。さりながら、何ゆえそれほどまでにわたしと？」

「武芸帖編纂所という御役所に、興をそそられておりましたゆえ」

「ほう。それはまた嬉しゅうござる」

「滅びゆく武芸流派を調べ、武芸帖にその名を留める……。実にありがたい御役所だと存じまする」

言われて鷹之介は相好《そうごう》を崩した。

武芸帖編纂所など、未だ知らぬ者が多い中で、珍しがられることはあっても、ありがたがられることなどなかったからだ。

「何か、書き留めておくに相応《ふさわ》しい流儀などござりまするかな」

鷹之介が問うと、田之助はやや沈黙の後に顔を上げて、

「滅ぶかどうか定かではありませぬが、ちと気になるものが……」

「是非、教えていただきとうござる」

「陸奥《むつ》の楢葉郡《ならはごおり》の田舎に大地流《だいち》という抜刀術がござりまする」

「大地流……？」

「聞いたこともござりますまい。かつて出羽秋田の佐竹《さたけ》家に仕えていた者が、浪人の身となって楢葉の地で開いたものにござりまする」

「御師範の名は？」

「中倉平右衛門《へいえもん》」

「その御仁は……」

「わたしの父にござりまする」

「左様でござったか……」

鷹之介は大きく頷いた。

田之助は水鷗流に学んだと聞いたが、水軒三右衛門と松岡大八は、それに自分で工夫をした居合を遣うのであろうと見ていた。

どうやらそれが、〝大地流〟であったようだ。

「中倉殿は、何ゆえ大地流を名乗られぬのかな?」

「父とは縁が切れておりますゆえ」

田之助がぽつりぽつりと語るには――。

中倉平右衛門は、佐竹家で郡奉行を務めていた。

剣術は水鷗流を習い、居合の腕は家中一と言われていた。

しかし、腕利きであることを一切誇らず、人と争うのを嫌い、息子の田之助にも、

「剣は己自身を鍛えるものであり、人を斬るために遣うでないぞ」

と言い聞かせつつ、息子だけに己が極意を授けんとした。

ところが、ある時家中にちょっとした諍《いさか》いが生じた。

日頃から酒癖が悪く、乱暴者であった家来の一人が同僚と口論になり、相手を斬って姿を隠してしまったのである。

佐竹家としても見過ごしには出来ず、これを見つけ出し、手向かうなら斬って捨てよとの命が下された。

だが咎人《とがにん》は乱暴者の上に剣の遣い手であったので、容易くはいかなかった。立廻り先を突き止めたものの、気付かれることなくそっと接触し、投降を説得するのがよかろうと話がまとまった。

となれば、その適任者は、中倉平右衛門がよいだろうと、彼に白羽の矢が立った。

平右衛門は本意ではないが、主命となれば逆えぬ。その通りに遂行し、説得を試みたのだが、相手はいきなり斬り付けてきた。

平右衛門は咄嗟《とつさ》に抜刀して足を斬らんとしたが、気がつけば相手の胴を真っ二つにしていた。

平右衛門は賞され、勇名は轟《とどろ》いたが彼は己が未熟を恥じた。

人は勝手なもので、平右衛門に難儀を押しつけておいて、〝温和の仮面を被りつつ、情け容赦なく人を斬る男〟として、次第に距離を置くようになった。

そのような者達を、

「恥を知れ！」

と、叱責《しっせき》する家中の士もいたし、平右衛門に剣を教わりたいと願い出る者も後を絶たなかった。

上手く立廻れば、彼は番方《ばんかた》の武士としてそれなりの出世も約束されたであろう。

しかし、平右衛門は人を斬り殺したことを悔やんだ。斬られた武士にも親戚があり、平右衛門を仇と見て、そのうちに果し合いを申し込むのではないかという噂まで流れ始めた。

そして平右衛門は主家を去った。

長閑《のどか》な田舎で、自ら田畑を耕し、近在の百姓達に剣術を教える暮らしを望んだのだ。

佐竹家も平右衛門を哀れに思い、過分に餞別《せんべつ》を包んでくれたので、悠々自適《ゆうゆうじてき》の暮らしが出来た。

平右衛門は実に楽しそうであった。

自らは居合、抜刀術を極め、大地に根ざして生きる意味を込めて、〝大地流〟という術を開いた。

まだ少年であった田之助は、父が近隣の百姓達からの尊敬を集め、小名浜《おなはま》代官所の武士達にも無償で剣を教える姿をまのあたりにして、それを誇りに思っていた。

自分もまた早く父のような居合の達人になれるようにと、父に教えてもらうだけではなく自らも工夫して修練を重ねた。

しかし成人すると、次第に己が剣を外で確かめてみたくなってきた。

「お前に宮仕えなどできぬ……」

平右衛門はそれが口癖のように、長閑な田園の中で大地と共に暮らす幸せを唱えたが、誰もが瞠目するほどの居合が身に備った若き田之助は、このまま田舎に引き籠り仙人のように暮らしたくなかった。

そのうちに、生き方と剣術についての意見の食い違いが、父と子を不和にした。

母は田之助が十八の時に亡くなっていた。

元々が、居合、抜刀を教える他は、口数も少なく黙々と己が信念を貫く平右衛門であっただけに、緩衝《かんしょう》になっていた母の死は、父子の間を疎遠《そえん》にしていった。

「江戸に出て修行をいたしとうございます」

田之助は、それが叶わぬのなら勘当《かんどう》してもらいたいとまで父に言った。

平右衛門は遂には折れたが、その間に生じた父と子の溝はさらに深いものとなっていた。

田之助は江戸に出て、水鷗流の道場に入門するが、まだ江戸で水鷗流はあまり馴染みはなく、居合の腕をもって諸流の門を叩き、やがて剣客として暮らしていけるようになった。

そうして、遂に船津侯の目に止まり、先年仕官が叶った。

篤実で剣一筋の姿勢が評され、居合、抜刀師範に加えて、目付役をも拝命したのであった。

しかし、その間彼は一度も大地流を名乗ったことはなかった。

そして、楢葉にいる父にもそれを告げなかった。

一人立ちの剣客になった時点で、田舎に住む父への郷愁は消え失せていた。

得意になって、船津への仕官については文を送ったものの、父からの返信はなかったのである。

五

「恐らく大地流は、そのうちに途絶えてしまいましょう」

中倉田之助は、自嘲の笑みを浮かべた。

父・平右衛門は、己が一流は田之助の他に伝授することはないと常々言っていた。

居合は遣い方を誤まると、恐ろしい凶器になる。

それがために自分は人を斬ってしまったと、殺人の後悔を背負っていたからだ。

その凶器を持って田之助は江戸へ出たのである。平右衛門は黙して語らぬが、目付役として仕官した以上は、田之助も平右衛門と同じ運命を辿ることにもなりかねない。

しかし息子はその重大性を覚えず、江戸で己が実力を発揮出来た幸せを無邪気に喜んでいる。

息子の育て方、また徒《いたず》らに我が子へ凶器を備えつけた自分の後半生は、やはり誤まちであったかと、近頃では老齢を理由に剣の教授もせずにそっと暮らしている——。

　田之助が密かに人を遣って調べると、そのような報せがきたという。

「その父も、もう六十になりまする。わたしも、剣術一筋、仕官が叶うた上は役儀一筋に暮らして参ったゆえ、未だ独り身のまま。その上に胸に病を抱えたとなれば、大地流は早晩途絶えましょう」

　田之助は少し息苦しくなってきたのか、何度も咳払いをしながら語った。

　鷹之介は返答に困った。

　今日の対面は、田之助自身が余命いくばくもないことを悟ってのことであるのはわかるが、それでも〝そうか〟と頷けぬやさしさが鷹之介にはある。

「わかりました。中倉殿にもしものことがあれば、御父上を訪ねて大地流について伺い、武芸帖に書き留め後世に伝えていく所存にござる」

　彼はそのように応えた。

「忝うござりまする。それで父も浮かばれましょう」

　田之助は、ほっと息をついた。

「それはよろしいが、御父上にはもう会わぬおつもりですかな」

鷹之介は、父親について訊ねてみた。

「さて、それについて、どうすればよいかと思案いたしておりまする」

田之助はふっと笑った。

「父は頑《かたくな》な男で、わたしもそれに似てしまいましたので」

「とは申せ、このままではいかがなものか……」

「はい。わたしもそのように思いますが、今のわたしには長旅も叶わず、また、死にかけた息子に会うために、年老いた父親に江戸へ来いとは言えませぬ」

鷹之介はやはり何も言えなくなった。

もう長く会わずに、それぞれの道、それぞれの暮らしを歩んできた父と子である。

父が老いさらばえて余命いくばくもないというなら、そこに父子の瓦解《がかい》をくい止める目もあるかもしれない。

だが、子供が今にも死にそうな様子を親にさらすなら、せめて風の便りに死んだとわかる方が、その衝撃も少ないのではないだろうか。

田之助はそう思っているらしい。

鷹之介には理解出来ない葛藤《かっとう》であった。

父・孫右衛門《まごえもん》は、鷹之介が十三の折に謎の討ち死にを遂げていた。

中倉父子に置き換えれば、田之助がまだ父を信じて敬い、疑いもなく田園の地で居合を修練していた頃となる。

今思えば、自分と同じ鏡心明智流の遣い手で、頑強で通っていた父が今も生きていれば父子の仲はどうであっただろう。

考えれば考えるほど複雑であり、息子が先立つ不幸が伝わってきた。

父子の確執が容易く収まるとは思えないが、それでも田之助は大地流を後世に残してやってもらいたいと鷹之介に頼むことで、父への想いをこの世に留めようとしているのだ。

「とにかく、大地流についてはお任せくだされ」

鷹之介はその言葉をひとまず繰り返してから、

「ひとつだけお聞きしたきことが」

「何でござりましょう」

「大地流は、先だって貴殿が披露してくだされた居合の型でござるな」

「いかにも、左様でござりまする」

田之助は畏まってみせた。

「よくわかりましてござる」

鷹之介も万感の想いを込めて応えた。

「真によき縁でござりました。このような折に頭取と出会えたことを天に謝する想いでござる……」

田之助がつくづくと言った。

「いや、それはわたしも同じ想いでござる」

鷹之介も、何と不思議な縁であろうかと相槌を打った。

「わたしも、編纂方の二人も抜刀術は当り前のように稽古を重ねていたゆえ、改めて武芸帖に何か記すこともないと思うていたところ、思わぬ辻斬りの話を知らされましてな……」

鷹之介は、火付盗賊改方同心・大沢要之助から手がかりに繫がることはないかと訊ねられた一件を話した。

あの一件について知り、そこへ鈴がたまさか編纂所へ稽古にやって来て居合の話となり、鈴が居合に興味を持ったゆえ中倉田之助の存在を知り、彼の居合に触れた。

そうして鷹之介が田之助と出会ったのであるから、縁は異なものである。

「そのような辻斬りが江戸に……」

田之助は事件の状況を聞かされると、感慨よりも驚きと、当惑の表情を一瞬浮かべていた。

「左様でござるか……。」

草履の鼻緒を直すふりをして、通りすがりの者には背を向け……」

やがてその表情は憤怒《ふんぬ》に変わった。

「父が居合は恐ろしい凶器だと言ったことが今つくづくわかりまする」

田之助にとっては、やり切れぬ一件なのであろう。

「されど、己が武芸を鍛え、それを人の役に立てんとして仕官の道を歩み、務めを果すのは立派なことだとわたしは思っております」

鷹之介は、別れに際して力強く言った。

田之助は、にっこりと笑って、

「そのように思われますか？」

「はい。わたしも貴殿と同じ想いで、妻帯もせずに励んでおりますれば」

「それゆえ、どこか気が合うと思うていただいたのかもしれませぬな」

「いかにも。お父上とて今は、息子の生き様を認めておいでのはず」

「そのお言葉で、このところの屈託が晴れました。頭取にお目にかかれたことは、何よりの幸いでござりました。抜刀術の腕も見事なもの……」

「いや、貴殿には敵いませぬ。ひとつ御教授を」

「教授などとは畏れ多うござるが、ひとつあるとすれば、流れるような体の動きによって、刀を抜く、ただそれだけでござる」

「なるほど……。確《しか》と承りましてござる」

鷹之介はにこやかに一礼して、下男を呼び暇を告げた。

田之助の表情はみちがえるように穏やかなものに変わっていたが、時折、ふと我に返ったように見せる厳しさが、鷹之介の心の中に黒い点となって残っていた。

六

武芸帖編纂所に、中倉田之助の死去が伝えられたのは、文政三年正月の松の内が明けたばかりの日であった。

報せに来たのは、船津家用人・本多礼三郎で、彼の話によると田之助は、鷹之介が訪ねた三日後に容体が急変して亡くなったという。

何とか年の内に葬儀をすませ、新年を迎えることが出来たそうだが、

「年の瀬から年始にかけて、お忙しい折にお騒がせしてはならぬと存じまして……」

今日まで報告を控えていたのだと本多は言った。

「左様でござるか……」

覚悟していただけに、鷹之介以下、水軒三右衛門、松岡大八も落ち着いて受け入れたものの、

「お訪ねいたした三日後でござったか……」

鷹之介は、自分との対面で力尽きたのかと思えて、感慨深かった。

「あれほどの術をお持ちの御仁が……、真に残念でござりまするな」

鷹之介は悔やみを言うと、

「中倉平右衛門殿にはこのことを……？」

田之助の父について訊ねた。

「はい。中倉はすべて松の内も過ぎた頃にと、息を引き取る前に言っておりましたが、さすがに実の親となりますと……」

陸奥楢葉の地から江戸へ来るには、少くとも五、六日はかかろう。

本多用人は、出府《しゅっぷ》するならば十五日をめどに来てもらいたい。また、その意志がないのならば、遺品などをどうするか申しつけてもらいたいとの意を含めて、平右衛門に早飛脚を立てた。

そしてその返信は、十五日に出府し船津邸に挨拶に出向き、遺品を整理し墓に参らせてもらいたいとのことであったという。

本多礼三郎は、中倉父子の確執については田之助から詳しく聞かされていたので、すぐに柔軟な対応をしたのだ。

田之助が江戸に出てからは、まるで心を開かなかった平右衛門ではあるが、やはり我が子の死には衝撃を受けているらしい。

当日は遺品の整理等をしてもらい、その日は船津邸の御長屋に泊まり、田之助の墓参は十六日となる。

「ならば、是非我らも十六日に墓参をさせていただきとうござる」

その上で平右衛門さえよければ、武芸帖編纂所に逗留《とうりゅう》してもらい、〝大地流〟について教授を願いたいと、鷹之介は頭取としての想いを伝えた。

「そのように仰せになると、思うておりました」

本多は感じ入った。

先日、鷹之介が田之助と語らったことについては、田之助からすべて聞いていた。

田之助との約定《やくじょう》を即座に持ち出し、大地流を後世に伝えんとする姿勢が嬉しかった。

さらに、主君・出羽守は、

「中倉平右衛門は、ゆるりと屋敷に逗留させてやればよい」

そのように言ってくれてはいるが、長く父子の付合いが途絶えていたというのに、平右衛門がゆるりと逗留出来るはずはないと案じていた。

といって、平右衛門にしてみてもせっかくの出府である。

少しは死別した息子が活躍の場を求めた江戸の情緒に触れさせてやりたいとも思っていた。

それが武芸帖編纂所ならば、平右衛門が逗留する意義もあるし、武芸を通じて田之助を偲ぶことも出来よう。

何よりも新宮鷹之介の人となりは、大いに老剣客の心を癒すであろう。

「それが何よりと存じまする。どうぞよしなに願いまする」

本多は、何か他にも話したそうな様子を見せたが、田之助の死を報せた場であれこれ語るのもはばかられたか、その日はそれだけを伝えて帰っていった。

鷹之介は、それから田之助の喪に服さんとして、彼が見せてくれた居合の型を、三右衛門、大八と共に演武した。

「流れるような体の動きによって、刀を抜く……」

時折はその言葉を呟きつつ、何度も何度も抜刀を繰り返した。

それは、隣接する新宮邸に戻ってからも続いた。

屋敷で夕餉をとると、酒は一滴も飲まずに、また武芸場に籠った。

自分自身でも、何がそうさせるのかわからぬ感情に突き動かされていたのである。

中倉田之助とは、二度しか会っていない。

しかし、彼の死が鷹之介の頭の中に重くのしかかってきて、切ない想いにじっとしていられなくなるのだ。

田之助の見事な抜刀術には魅せられた。

彼の生い立ちを聞くと、父・平右衛門の想いもよくわかるし、田之助が父から受け継いだ術を江戸で試し、世に名を残したいと思った気持ちもわかる。

船津家に仕えてからは、己が抜刀術を自分で磨きつつ、妻も娶らず役儀一筋に生きてきたことにも共鳴出来た。

武芸への情熱、主君への忠義、それを押し通さんとなれば、頑に信念を貫くところも自分を見ているようであった。

新たな知己が出来たと思えば、たった二日の付合いでその相手が死んでしまったのであるから、若い鷹之介の気が動転するのも無理はなかろう。

しかし、何よりも衝撃であったのは、思いもかけなかった死のやるせなさを、現実のものとして知ったことであった。

死が恐いのではない。

父・孫右衛門がそうであったように、武士たる者はいつ死んでもよいという覚悟を持たねばなるまいと信じて生きてきた。

武芸帖編纂所の頭取を拝命した以上は、自分自身も一人の武芸者となって役儀を務めようと決意した。

武芸者は絶えず死と隣り合せにいなければならない。ゆえにあらゆる未練をこの世に残してはいけないのであるから、頭取を務めあげられるまでは、妻子は元より家名までも望まぬ精神でいようと思っていた。

父は将軍・家斉の鷹狩りの折に、警固中謎の死を遂げた。

何者かを追い払い、身は討ち死にをしたとされている。その息子であるから、戦って死ぬのは何も恐くない。

それが、自分に似た中倉田之助の死によって、思いもしなかった病魔の存在を身近に感じてしまったのである。

母の死は、女ゆえの儚《はかな》さと受け止めたが、三十になるやならずの剣の達人が、病魔にあっさりと殺されてしまうのをまのあたりにすると、純情一途の鷹之介は、己が無力さを痛感してしまう。

討ち死にする以外は、人は天寿をまっとう出来るものだと勝手に思い込んでいたが、まったく愚かなことであった。

戦っても勝てぬ病魔は、明日自分を襲うかもしれない。討ち死にの覚悟はあっても、若き日に病魔に殺される覚悟は出来ていない。

何故自分は今生きていて、田之助は死なねばならなかったのか——。

理不尽な人の生死を思うと、鷹之介はやるせなくなって、じっとしていられなくなるのである。

田之助の墓参で、彼の父・平右衛門に会う日まで、あとほんの数日であるが、その間はひたすら抜刀術に打ち込んでいよう。

そうして鷹之介は、編纂所でも屋敷でも、武芸場に出て体を動かした。

そうするうちに、ひしひしと幸せが込み上げてきた。

編纂所で稽古をすれば、何も言わずに付合ってくれる水軒三右衛門、松岡大八がいる。

屋敷では、そっと見守っていてくれる高宮松之丞がいる。

この連中の力強い生命が、鷹之介に知らず知らずのうちに力を与えてくれていることに改めて気付かされるのである。

「爺ィ、そこにいるのであろう。入って来ぬか……」

いよいよ明日が墓参となった日の夜。

鷹之介は、武芸場の外でそっと様子を窺っている松之丞に声をかけた。

「さすがは殿、お気付きでござりましたか」

松之丞は、少し決まりが悪そうに、俯《うつむ》き加減で入って来た。

「すまぬな。気うつを患うていると案じたか？」

鷹之介は手を止めて、労りの目を向けた。

「あ、いや、そうではござりませぬ……」

松之丞はしどろもどろになった。

この若殿にやさしい言葉をかけられるのが何よりも弱点の老臣であった。

もちろん、あまりにも抜刀術に根《こん》を詰めている鷹之介が心配で仕方がないのだが、こんな時こそ、心地よい一時を共に過ごせる好機でもあると、心密かに思ってもいるのだ。

年寄りは面倒だ――。

そのように思われたとてよい。

鷹之介の世話を焼く一時が、松之丞の生きるよすがなのである。

「未だ妻も娶らぬというに、気うつを患うてしもうたと、思うたのではないのか？」

鷹之介は、にこやかに耳の痛いことを言う。

「いや、御先代の抜刀術よりも上手になられたかと、それが気になりましてな」

松之丞は反撃の言葉を返して、ニヤリと笑った。

「ふん、父上などとっくに超えておるわ」

「左様でござりまするかな」

「爺ィ、おぬしも太刀を持って来るがよい。共に稽古をしようではないか」

「爺ィめが稽古を御一緒に？」

「いくつになっても武士だ。人のことばかり案じていて、刀の抜き方を忘れてしもうたのではないのか？」

「何を申されまする」

「母上はお亡くなりになる前に、松之丞はああ見えて、なかなかの剣の遣い手だと申されていたが、覚え違いであったかのう」

「よくぞ申されました。今、ここでお見せいたしましょう」

松之丞は、ぷんぷんとして刀を取りに自室へ戻ったが、その足取りは浮き浮きとはしゃいでいた。

「よし、爺イ！　抜け！」

それからしばし、鷹之介と松之丞の抜刀が武芸場で繰り広げられたが、

「おお、爺イ、なかなかやるではないか、刀を納める時に指を切るなよ」

「何の、それほど耄碌《もうろく》はしておりませぬわ」

「ならばよかった。いつかこの鷹之介の息子の世話もしてもらわねばならぬゆえにのう」

「ははは、いつになることやら」

「武芸帖の編纂が一通り終るまで、待っていておくれ。中倉田之助のように、病に負けぬよう精進いたすゆえにな」

「そのお言葉、お忘れになりませぬように……」

「忘れはせぬ」

「爺めも、病に負けぬよう精進いたします」

「きっとだぞ」

「きっとでござりまする」

「それを聞いて安堵いたした。これ、爺ィ、休むでない。もう疲れたのか」

「疲れたのではござりませぬ」

「ならばどうした？」

「何やら心地がようて、刀を抜くどころではござりませぬ」

松之丞は、泣いているような、笑っているようなしかめっ面に浮いた汗を、何度も拭ってみせた。

第三章　俤《おもかげ》斬り

一

中倉田之助は、己が死にあたって、墓は船津家用人・本多礼三郎に一任したが、江戸のどこかに埋めてもらいたいと言い遺したという。

あくまでも、父・平右衛門に従わず江戸に出て身を立てようとしたのであるから、自分の名残を留めてくれるのなら、父と暮らした陸奥楢葉の地ではなく、江戸の土になりたいと願ったのである。

それは、父への遠慮であり、息子としての意地であろう。

何よりも、死して尚自分を拾ってくれた船津家江戸屋敷を守りたいという、田之助なりの忠心であったのかもしれない。

その想いを汲んで、彼の後見人であった本多は、すべてをとりしきり、四谷《よつや》竜谷寺《りゅうこくじ》裏手の墓所に墓を立ててやった。

そこには国表に縁者のない、定府《じょうふ》の武士達が眠っていたのである。

一月十六日は、早春の風が乾いた寒い日となった。

新宮鷹之介は、水軒三右衛門、松岡大八を連れ、若党の原口鉄太郎、中間の平助を供とし、朝から四谷へ出かけた。

墓所はさして広くなかった。

周囲には町屋、その向こうには武家屋敷と寺院が甍《いらか》を争う、江戸にはよくある風景が見られるところであった。

自分は江戸で生き、江戸で死んでいった。

いつか父・平右衛門が訪ね来る時があれば、沈黙のうちにそのように伝えたかったのに違いない。

それゆえ、不埒《ふらち》な息子のことは諦めてくれと——。

鷹之介は複雑な想いを胸に、小高い丘にある墓所へと着いた。

そこには、鈴が村井小六、布瀬本蔵を供に、鷹之介を待っていた。

「鈴殿……、参られたか」

鷹之介がにこやかに見ると、

「格別のお許しをいただきまして……」

鈴は少しはにかんで応えた。

武芸帖編纂所の他で顔を合わすのが、彼女なりに照れくさかったらしい。

男勝りで女を感じさせぬ武芸者である鈴も、時折見せるこのような表情が、実に艶やかであった。

鷹之介と鈴は、頷き合うと互いに供を連れて、墓所の内へと入った。

すぐに、数人の武士達の姿が見え、本多礼三郎がその中心にいるのが明らかとなった。

「よくぞお越しくださりました……」

本多が恭しく立礼をする横に、一人の老人が佇んでいた。

髪に白いものが目立つ、面長で温和な顔立ちをした武士である。しかし、体つきはがっしりとした、なかなかの偉丈夫《いじようふ》だ。

彼が中倉平右衛門であるのは、言うまでもない。

「中倉田之助の父・平右衛門にござりまする」

深々と頭を下げる平右衛門を見ると、田之助の死が確かなものとして胸に迫り、

「武芸帖編纂所頭取・新宮鷹之介でござる」

名乗る鷹之介の声はたちまち湿りを帯びていた。

一通りの挨拶がすむと、一同は中倉田之助の墓前に拝し、早過ぎる死を悼んだ。

鷹之介が本多に提案した、平右衛門を編纂所に招きたいとの事柄は、既に本人に伝わっているとのことで、

「身に余る栄と存じまする」

平右衛門は数珠《じゅず》を懐にしまうと、鷹之介の気遣いと編纂所の噂を聞いた興奮を語り、

「畏れながら、老骨に鞭打ち、武芸帖編纂所の御役に立ちとうござりまする」

と、畏まってみせた。

田舎でそっと近在の百姓や代官所の武士に教えていただけの〝大地流〟であった。

今さら晴れがましいところで披露するものではないと思っていたようだが、

「あの倅《せがれ》めが、そのような……」

　楢葉の地から離れ、父に背を向け、近頃ではほとんど便りさえよこさなかった田之助が、鷹之介に大地流を語り、その記録を求めたと聞けば、血肉を分けた息子への情と不憫が募った。

　予定通り、昨日の昼前に永田町の船津家江戸屋敷に入った平右衛門は、当主・出羽守への挨拶をすませた後、本多用人の世話となり、その日は一日中亡き田之助の江戸での日々を聞かされた。

　話によれば、船津侯からも目をかけられ、剣技は江戸屋敷で並ぶ者がないと評され、務め一筋でいたという。

　そして、死の直前にそれが運命であったかのように、武芸帖編纂所頭取・新宮鷹之介に抜刀術を披露する機を得て、剣術談義をしたとなれば、最後の抜刀術がいかなものであったか、鷹之介に問うてみたくなっていたのだ。

　平右衛門は息子の思いもかけぬ逝去《せいきょ》にうろたえていた。

　父と子の間に溝を作ったのは、子の田之助の方であったと思っている。

　その怒りとわだかまりは未だ残っているが、

——どうせ自分の方が早く死ぬ。

それゆえの余裕が平右衛門にはあった。

人と人との関係は、早く去っていく者に余裕がある。

わだかまりを持ったまま父に会うこともなく死なれては、やるせないと田之助もいつか心に引っかかりを覚えることであろう。

その日が来るまで、自分から動く必要はない。

どうせ自分は老い先短かい身である。

二十年間ほど子供が身近にいたのであるから、もうそれでよしと諦めの境地に達することも出来よう。

そのような達観はまた、老い先短かいと思いながらも、未だ身体壮健《しんたいそうけん》を誇る平右衛門ゆえの成せる業《わざ》でもあった。

それゆえ江戸表から報せを受けた時、身体壮健である自分の息子が、三十になるやならずで死んでしまったことに呆然とした。

今までの余裕がすべて失われたのであるから無理もない。

放っておくわけにはいかない。勘当の身同然で出府した息子であるから、遺品から何からそっくり船津家にお任せいたしましょう、などとはさすがに言えなかった。報せをくれた本多礼三郎という家中の士は、なかなかに行き届いた配慮をしてくれている。

行って礼を言わねばなるまいが、正月を挟んでいるし、報せを受けた日の数日前に田之助は亡くなった。すぐに出府したとて、五日や六日はかかろう。

本多が言う通りに動けばよいと、十五日着を目指した。

その間、平右衛門は、

——親の言うことを聞かず国を出て、親よりも早く逝ってしまうとは、何と不届き者であろうか。

と、怒りで気持ちを整理した。

——お前もいけない。

亡き妻をも恨んだ。

妻が亡くなって後、平右衛門と田之助を繋ぐ唯一の糸が切れてしまった。

今ここに妻がいれば息子の死の哀しみを、少しずつでも分け合うことも出来たであろうに——。

怒りや恨みで数日を過ごし、いざ江戸に来てみれば、田之助は船津家中として申し分なく務めていた。

そして、新宮鷹之介に父を語り、大地流を武芸帖に書き留めてもらいたいと願ったという。

息子に対する怒りは、自分もまた早くに息子を認め、自分が持てる限りの術を授けてやるべきであったという悔恨《かいこん》に変わったのである。

となれば、自分は武芸帖編纂所の意に沿うよう動くべきであろう。

せっかく引き上げてもらった船津家に対して、二年ほど仕えただけで死んでしまったのである。

親としても申し訳なさが募る。

船津侯の厚意に甘えて、屋敷に留まるなど出来なかった。

編纂所にしばらく逗留させてもらえるなら、これほどのことはない。

「皆様の御厚情……、御礼の申しようもござりませぬ」

平右衛門はつくづくと一同に礼を言うと、田之助を訪ねてくれた者の中に、鈴のような女武芸者がいたことに目を丸くしつつ、そのまま武芸帖編纂所に身を寄せたのであった。

二

中倉平右衛門は、赤坂丹後坂の武芸帖編纂所に入ると、すぐに武芸場へ向かった。

水軒三右衛門、松岡大八は、やや緊張の面持ちで彼を案内した。

六十歳を超えた武芸者を迎えたことなどはなく、三右衛門、大八とて平右衛門より十五歳くらいも年下であるわけなので、

——自分が六十を過ぎたらどうなるか、
その疑問に答えを出してくれるような気がしたのである。

新宮鷹之介は、早速見所に座し、平右衛門に大地流の型を所望した。

武芸場の隅では、平右衛門を丁重に出迎えた中田郡兵衛、お光、新宮家の高宮松之丞が食い入るように見ていた。

その上に、たまさか昨日、編纂所をひやかしに来た鎖鎌《くさりがま》術の師範・小松杉蔵《こまつすぎぞう》が、この日の話を聞きつけて、自分も編纂所の役人のような顔をして堂々と腰を下ろし

ていた。

「真によい武芸場で……」

ここでも一通り紹介を受け、挨拶を交わした平右衛門は、田舎の百姓家《ひゃくしょうや》を改造した稽古場とは違い、都の洗練された佇いの武芸場に感心すると、

「いざ、仕《つかまつ》りまする……」

神前に一礼して、大地流の型《かた》を披露した。

一同は固唾《かたず》を呑んで見守った。

真剣を抜いての型稽古は、えも言われぬ緊迫《きんぱく》と神々《こうごう》しさが辺りを支配し、神殿での宗教儀式を思わせるものがある。

ましてや、六十を過ぎた平右衛門の挙措《きょそ》動作は、ひとつひとつが趣《おもむき》に充ちている。

日々の精神鍛練は、武術を神事に高めるのだ。

平右衛門は刀を腰に差したまま、稽古場の中央に座した。

そして、一瞬目を瞑《つむ》ったかと思うと、再び見開いた時には、片膝立ちとなり、

「ええイッ!」

いつの間にか抜刀して、虚空を斬り裂いていた。

「おおッ……」

観ている誰もが感嘆した。

何をどのようにして、抜刀したのかまったくわからぬ早業であった。

まず初めは、ゆったりと納刀する。

次は、座った状態で抜刀し、立ち上がった時に納刀する。

この時は、抜刀も納刀も見えず、ただ白刃が一瞬空を舞ったというのが、錯覚のように感じられた。

鷹之介も三右衛門も大八も杉蔵も……、頭の中で平右衛門の抜刀と戦っていた。

初太刀さえかわせば、何とか己が剣術、鎖鎌、棒などの武術で戦えるとは思う。

だが、初めから平右衛門が抜き打ちをかけてくるとわかっていなければ、なかなかかわしきれまい。

たとえば薩摩《さつま》の示現《じげん》流などは、初太刀で相手を圧倒し、叩き斬るのが持ち味であるが、平右衛門の抜刀は、刀の切れ味で勝負をかける、実に恐ろしい術と思われる。

年来の修行の成果をもって初太刀をかわせるであろうか。

少しでも遅れると、斬殺は免れても手傷を負うであろう。

その傷の大小が勝負の行方を左右するはずである。

だとすると、今目の前にいる老剣士は、まず斬り合いたくない相手だ。

過日、演武を見た彼の息子・田之助もまた、父に劣らぬ抜刀術を披露してくれたが、あの折、田之助は体調を崩していて、十本ばかりの型の披露に止《とど》まった。

今ここで平右衛門が演武する型は、二十本を超えた。

そのひとつひとつの静かな迫力が、居並ぶ武芸者達を震撼《しんかん》させていたのである。

「お粗末にござりました……」

やがて平右衛門は、すべての型を終えて、恭しく座礼をした。

「恥ずかしながら、これが大地流でござりまする」

「いやいや、お見事でござった。凡愚《ぼんぐ》の目がつぶれそうな技の数々でござる」

鷹之介は深く感じ入り、よいものが見られたと平右衛門に謝すると、

「いくつかは、既に田之助殿から見せてもらいました」

先日の感想を伝え、田之助の術を称えることも忘れなかった。

「いくつかの技を、田之助が……」

平右衛門は喜びを呑み込むように言った。

「いかにも。〝流れるような動きによって、刀を抜く……〟そのように教えていただきました」

それが正しく大地流の極意であると、平右衛門は照れたように頬笑むと、神妙に頷いてみせた。

「田之助殿は、日頃は世間に対して大地流を名乗らなかったと申されたが、その技は忘れることなく、いつも己が心と体に覚え込ませるよう、修練を怠らなんだ。わたしはそのように思っております」

つまり田之助の心の内には、絶えず父の影があった――。

鷹之介はそれを、言外に伝えたのである。

「左様でござりましたか……。田之助は水鷗流を名乗りつつ、この技を頭取に……」

老師の顔がたちまち険しいものとなった。

その表情からは、込み上がる激情を抑え、決して泣いたりすまいとする決意が窺われた。

「真にありがたい……。人に誇るつもりも、大きな流儀にするつもりもまったくござりませなんだが、倅のお蔭でかくも立派な御役所で術《わざ》を御高覧いただき、武芸帖の隅に記してくださるとのこと。いや、真にありがたい……」

これで、いつ死んだとて武芸者としての役目は果せたと、平右衛門は涙を堪《こら》えて感じ入るのであった。

三

それから中倉平右衛門は、しばらく武芸帖編纂所に逗留することになった。

頭取の新宮鷹之介としては、滅ぶかもしれぬ大地流抜刀術を、新たな武芸帖に書き加えられる上に、平右衛門の抜刀術に対する考え方をじっくり聞けると、大いに喜んだ。

中田郡兵衛が、ひとつひとつの技を、平右衛門の解説を受けて書き留める。

その際、平右衛門はゆっくりと技の理屈を語り、演武してみせるので、鷹之介のみならず、水軒三右衛門、松岡大八、ちゃっかりと見物に来ている小松杉蔵などは、食い入るようにその様子を眺めたものだ。

それは平右衛門にとっても実に楽しい一時となった。

何しろ、腕利きの武芸者達が、平右衛門の技を真似てみせて、

「それはこのような理屈でござるかな？」

と、問うてくるのが、

「さすがでござりまするな」

思わず唸ってしまうほどの、呑み込みのよさであるから、演武の仕甲斐もあるというものだ。

田之助の死の痛手は、未だに胸を締めつけるが、武芸場に出る間は、すっかりと忘れることが出来る。

若い頃のように、抜刀術にかけては誰にも後れを取るまいぞと、熱い想いが湧いてきて、編纂所の連中の追随を許さぬ張り切りぶりであった。

いつもは〝むくつけきおやじぶり〟を発揮している三右衛門、大八、杉蔵も、随分と年長の師範の術に追いつかんとするので、その表情は、一様に若返って見えた。

そして、平右衛門の抜刀、居合は見事に完成されていた。

〝抜き付け〟と〝鞘引《さやび》き〟の間は、三右衛門ですら真似が出来ず、彼は随分と溜息をついたものだ。

見知らぬ武士達と、今まで聞いたことのなかった役所に寝泊りするわけであるから、逗留を請われた時はいささか緊張してしまった平右衛門であった。

しかし、鷹之介の武芸をひたすら愛する純真な心、飾らぬ昔の野武士を思わせる初老の武芸者達に、平右衛門はたちまち馴染んだのである。

こうして三日が経った。

その間、永田町の船津家からは、平右衛門が整理した、田之助の遺品が次々と運び込まれていた。

「ゆるりとして、編纂所の聞き取りに応え、その合間に目を通してもらえばよろしかろう……」

用人の本多礼三郎は、そのように言って気遣ってくれた。

鷹之介もその一時を十分に取れるよう配慮したし、

「お戻りの際は、当方から楢葉の方へ送る手配をいたしましょう」

と、高宮松之丞に伝えさせていた。

平右衛門は、厚情を受けて、また涙を堪えて謝し、

「少しでも御役に立てるよう務めまする」

と、様斬《ためしぎ》りまで披露した。

ちょうど、中間の平助の親類に、竹細工の職人がいて、材料になる大きさに竹を斬ってもらえれば助かるとのことで、編纂所にその竹を持ち込んだのだ。

切断して欲しいところには、墨で線を入れ庭に台を設《しつら》え、竹を固定して、平右衛門を囲むようにして並べた。

「近頃は、目もよう見えぬので困ったものにござりまする」

平右衛門は、墨で書かれた線の部分を見つめながら苦笑いを浮かべたが、ゆったりと竹の中に立つと、

「うむッ！」

やにわに抜刀し、六本の竹を見事に墨の線に沿って切断した。

差料《さしりょう》は、武蔵守兼中《むさしのかみかねなか》二尺三寸七分。素晴らしい斬り手を得て、切れ味はぞっとするほど冴えていた。

武芸者達は予想通りゆえ、皆それぞれにこやかに頷き合ったものだが、庭の隅で

恐る恐る見物していたお光は、大いに感嘆して、

「いやあ、よく斬れるもんですねえ。それほどの腕なら、鯛を三枚におろせるんじゃありませんか？」

真顔で言って、平右衛門を大いに笑わせた。

中倉平右衛門の武芸帖編纂所での逗留は、真に和やかなものとなった。鷹之介はなかなか自分のものには出来ぬものの、術の出し惜しみをせぬ平右衛門によって、たった数日の内に、以前より格段に抜刀の速さが増した。

若き頭取の上達は、平右衛門にとって何よりも嬉しかった。

息子に伝えられなかった事柄のすべてを鷹之介に伝えたら、彼は陸奥の楢葉に帰るつもりであった。

互いにわかり合えぬままに死別した息子へのやり切れぬ想いは、決して晴れることはないであろうが、

「わたしと倅が鍛えた大地流は、これで少しは世の中の御役に立てたようにござりまする」

平右衛門は、ここで暮らした数日で、そこまで思えるようになっていた。

それにしても――。

刀をいかに速く抜くかなど、どの流儀を繙《ひもと》いたとて方法は、右手で柄を握り、左手で鞘を引きつつ一気に抜き放つ。ただこれしかない。

座ったところから、中腰から、寝転んだところから、色々な場合を想定して抜いたとしても、手は限られている。

となれば、これはひたすら稽古を繰り返すしかないのだが、三右衛門はというと、

「頭取、抜刀の速さは天分に負うところのものにござりまするな」

そのように鷹之介に囁《ささや》いた。

努力は大事であるが、あるところまでいくと、これは人が天から与えられた才能に負うもので、これに魅せられると、他の武芸が疎《おろそ》かになり、武芸者にとっては命とりだと言うのだ。

鷹之介も頷くしかない。

そういう意味では、平右衛門は実に自然と和合している。

己が体の動きに、刀身を一体化させていると言ってもよい。

彼はその天分を理解し、致仕《ちし》して大地の中で、刀身を手足の一部にしたのだ。

大地流と名付けた由縁《ゆえん》を、

「まず、百姓仕事の傍らで身に付けたものにござりますれば、そのように……」

などと笑いながら話したが、それはこの老人独特の照れであり、実際は森羅万《しんらばん》象《しょう》を体の動きに重ねて、自然と刀が抜けるようになったゆえではなかったか――。

鷹之介はそのように見ていたし、

――自分には真似のできぬことだ。

と、考えを新たにした。

「用心を怠らず、日々二、三十本も抜いて手応えを確かめておけば、もうそれだけで十分でござろう」

三右衛門が鷹之介の抜刀術についてそのように評したのは、正しく当を得た指摘であったのだ。

それを思い知ったのも平右衛門が編纂所に逗留したからこそと、素直にありがたがる鷹之介は、

「急ぐこともなければ、もう少しゆるりと逗留くだされば、我らも嬉しゅうござる」

五日もすればお暇申し上げまする、と言う平右衛門を引き留めた。

三右衛門と大八も、夜ともなれば平右衛門を編纂所の書院に誘い、酒を酌み交わして剣術談義などをした。

経験豊富な二人ではあるが、六十を過ぎた平右衛門の話には新たな発見も多く、大いに楽しめた。

すると、中田郡兵衛とお光も話し声を聞きつけてこれに加わり、お光が甲斐甲斐しく、酒肴《しゅこう》の世話を焼くので、平右衛門は実に居心地がよく、

「お言葉に甘えて、もう五日ほど御厄介になりましょうかな……」

ほろ酔いに、編纂所の四人にそんなことを言っていたのだが、その翌朝になって、鷹之介が出仕して来ると、少し思い詰めたような顔で、

「お話しするべきかどうか随分と悩んだのでござりまするが、やはり頭取を始め皆様にはお伝えした方がよいと思いまして……」

と、ある話を切り出した。場合によっては少しの間ここに置いてもらいたいのだと言う。

「いつまで逗留されたとて、我らは一向に構いませぬが、いったい何ごとでござろ

う」

鷹之介が首を傾げてみせると、

「昨夜、田之助の遺品を片付けておりましたところ、書物の間に書付が挟まっているのに気が付きまして……」

平右衛門は、鋭い武芸者の目となって、一同を見渡した。

四

その書付は、中倉田之助が遺した日誌の一部分であった。

田之助は、武芸日誌と目付日誌を記していたようだが、それは船津家の役人達が記す業務的なもので、中には外に知られたくない御家の事情も含まれている。

その辺りも鑑《かんが》みて、本多用人は日誌の内容については自らが吟味して、

「田之助殿は、このようなことも考えていたようでござる……」

当り障りのない私的な件だけは、口頭で平右衛門に伝えた上で、日誌自体は己が手許に留めていた。

そもそも田之助は筆まめな方ではなく、役儀の日誌の他に、私的な日誌などは遺していなかった。

それでも、いよいよ自分の寿命が尽きるようだと悟った時、何か書き留めておかねばいられなくなったのであろう。

料紙《りようし》に書きなぐるようにして、己が無念を綴っていた。そして、その書付を書物に挟んだまま、最期の時を迎えたらしい。

本多礼三郎も、自分が見出した田之助の死に気が動転していたのであろう。遺品の書物の中に、そのような書付が挟まっているとは知る由もなく、そのまま編纂所に運ばせたのだ。

「して、その書付にはどのようなことが書かれていたのでござる」

鷹之介も、平右衛門のただならぬ様子に、身を乗り出した。

「倅は目付としても御役を務めておりましたが、内々に追討を申し付けられていたようで……」

平右衛門は眉をひそめた。

「追討……」

「どうやら、船津家の国表に作田喜平《さくたきへい》なる男がいて、こ奴が家中の者を斬り逐電《ちくでん》した……」

その作田が、江戸へと逃げ込んだとの報せがあり、腕自慢であり家来を取締まる目付に任じられている田之助に、

「船津家の名誉にかけて討ち果せ」

と、内命が下っていたようなのだ。

書付には、作田喜平を仕物《しもの》にかけられぬままに終るのが、無念この上ないと、結ばれていたという。

恐らく田之助も死に臨んで、精神が錯乱をきたしていたと思われる。

とりとめもない内容が書きなぐられている体であったが、平右衛門が何度もそれを読み返し、自分なりにまとめてみると、件のあらましが読めてきたのである。

とはいえ、本多用人はそのような話を鷹之介にも平右衛門にもしなかった。

船津家としては、この一件について外に知られたくはなかったからに違いない。

それならば、田之助が死んだ今は、追討も他の誰かに命じられていることであろう。

「その書付のことは、忘れられたがよろしかろう……」

三右衛門は、平右衛門をそう言って宥《なだ》めたが、

「やはり左様でござりましょうかな……」

平右衛門は頭を垂れた。

大八も三右衛門と同じ想いであったが、平右衛門のやり切れぬ表情が胸をしめつけて、何も言えなくなっていた。

息子と疎遠になったまま死別した苦悩が、やっと編纂所での一時で晴れつつあったというのに、ここへきて田之助がやり残していたことがあったと知ったのである。

しかも、それを無念と思い死んでいったとなれば、父としてはせめてその悔しさを、分かち合ってやりたかろう。

「さりながら、それを訊いたところで、どうなるものでもござりますまい……」

中田郡兵衛が静かに言った。

「田之助殿に与えられた御役がどうであれ、既に亡くなられたとなれば、そこで役儀もまた消えてなくなったということにござりましょう」

読本作者である彼が語ると、妙な説得力が出てくる。

「人というものは誰にでも、死に際して、やり残したことのひとつやふたつはあるでしょう。それを無念と捉えるのか、やり残したことがあるだけ人に頼られていたのだと誇りとするのか……、そこは物も考えようではございませぬかな」

「なるほど……。さすが軍幹先生、味なことを言うではないか」

大八は、郡兵衛が絶妙の助け船を出したものだと感じ入った。

「左様でござるかな……」

その通りだと思いながらも、平右衛門の気持ちは鎮まらないようだ。

「確かに、中田殿が申されるように誇りと思えばよいのでしょうが、息子に心を開いてやらなんだ親としては、共に無念を背負って、田之助の苦しみを味わってやりたいと思いましてな……」

「ははは、それもまた、もっともな親の情でござりましたな……」

郡兵衛は、確かにそうであったと、苦笑した。

「この一件については、黙ったままにはいたさず本多殿に確と問い合わせることといたそう」

ここで鷹之介が口を開いた。

「頭取……」

三右衛門が顔をしかめて宥めようとしたが、

「三殿、大名家のことだ。徒らに首を突っ込まぬ方がよいと思う。だがわたしには、平右衛門殿の想いが、痛いほどわかるのだ……」

鷹之介は、しみじみとした口調で言った。

「この鷹之介もまた、未だに父・孫右衛門の死の真相を知りたいと願っているゆえにな……」

一同は、神妙に頷いた。

平右衛門だけは目を見開いて、

「そういえば、頭取の御父上は……」

と、言葉を濁した。

編纂所に逗留している間に、詳しくはわからぬものの、新宮家の先代・孫右衛門は、将軍警固の勤務の中に不慮の死を遂げたと聞き及んでいた。

気にはなったが、余計な詮索はするものでないと、はっきり訊ねられずにいたのである。

「何者かと斬り結び、手傷を受けて倒れていたのでござる」

そこは家斉の鷹狩りの場である。

中山御立場《なかやまおたちば》の裏手で見つけられた時は、まだ息があったというが、

「上様に面目が……」

その一言だけを遺して、孫右衛門は息を引きとったそうな。

彼の刀身には血がついていたゆえ、相手に一太刀浴びせて追い払ったのには違いない。

だが討ち損じた。それによって己が役儀をまっとう出来なかったのが、面目なかったのであろう。

鷹之介もまた、父の御役であった小姓組番衆を務めていたので、その無念はよくわかる。

新宮孫右衛門の死の真相は、結局今に至っても明らかになっていないが、

「上様をお護りした栄誉の死である」

と、人は称え、それが新宮家の誇りとされてきた。

「だが、息子としては、父の無念を己がこととして知り、いつか敵を討ち果したい

と願うている……。思えば父が亡くなったのは十三の時。わたしにとって父は、ただただ恐ろしいだけの男であったというのに、今となってはやたらと懐かしい。中倉殿は息子が元服《げんぷく》の後も、しばらく共に過ごされたのだ。思い出も多いはず。田之助殿の無念を知っておきたいという想いはようわかる……」

鷹之介の言葉に、平右衛門の顔が輝いた。

感激屋の大八とお光の二人は、もう泣いている。

そして、中倉田之助の無念を自分達もまた詳しく知りたいと、涙に濡れた目が語っていた。

これを見て三右衛門と郡兵衛もまた、にこやかに頷くと、鷹之介に畏まってみせたのである。

五

「左様でござりましたか……」

船津家用人・本多礼三郎は、溜息交じりに言った。

彼の前には、新宮鷹之介に伴われた中倉平右衛門がいた。

武芸帖編纂所に逗留する平右衛門が、帰国に先立って会いたいと、鷹之介を通して伝えてきたのが昨日のこと。

本多にしてみても、家中の士の父親を、鷹之介の厚意に甘えて預けたままにしていたので、気になっていた。

好感が持てる鷹之介と一緒に会えるのなら、それはそれで楽しかろう。

鷹之介は、どこか静かなところに席を取ろうと申し出たが、武芸帖編纂所は公儀の役所である。

自分から出向くと応えて、赤坂丹後坂に訪ねて来たのだ。

鷹之介は、武芸帖編纂所の客間である書院に、本多を招き、平右衛門と三人だけで会うことにした。

初めは、武芸帖編纂所での日々を面白おかしく語っていた鷹之介であったが、やがて折を見て、件の書付のことを持ち出した。

「武芸帖編纂所といたしては、この件について詮索するつもりはござらぬ。また、決して口外いたしませぬゆえ、お話しいただけませぬか」

いきがかり上、平右衛門の世話役として同席させていただきたいと、真顔を向けて頼んだのである。

書付が書物に挟まれていたとまでは気付かず、遺品を手渡してしまったのは自分に油断があった。

また、平右衛門の気持ちも、平右衛門に肩入れをしてやろうと思う鷹之介の気持ちもわかるだけに、本多用人は辛そうな表情を浮かべたものの、

「話せば船津家の恥になることでござりまするが、御両所ゆえに申し上げましょう」

やがて彼は威儀を改めた。

新宮鷹之介が武士の情けに厚い、頼りになる人物であるというのは既にわかっている。

むしろ何かの折には心強い味方ともなってくれよう。

さらに平右衛門にしてみれば、書付を読んだ以上、正しい情報を得たいと思うのは人情であり、そうしておく方がおかしな憶測を呼ぶこともなかろうと本多用人は思ったのである。

「実は、その書付にあった作田喜平なる者でござるが……」

作田喜平は、彼もまた無楽《むらく》流に学んだという抜刀術の遣い手で、船津出羽守の武芸奨励策によって、国表で武芸指南として召抱えられた者であった。

当時、出羽守は江戸にあったが、国表のことは国老・三雲典膳《みくもてんぜん》に任せていた。典膳は武芸に対する造詣《ぞうけい》も深く、船津家重代の家臣で出羽守の信も厚い。

それゆえ、五十石くらいの新規召抱えは、典膳の一存で決められたのである。

作田喜平は、城下に逗留していた旅の武芸者であったが、〝抜刀の腕は〝尋常ならざる遣い手〞で、物静かで目立つことを嫌う、武芸者としてはなかなかの人物と思われた。

ところがある夜、喜平は国表の目付・野川柳三郎《のがわりゅうざぶろう》を斬り、そのまま逐電してしまった。

船津家に召抱えられて、まだ半年にもならぬ頃であった。

理由ははっきりとしなかった。

野川柳三郎は、武芸にも秀でていたなかなかの熱血漢であったから、何かの拍子に武芸について口論となり、それを恨んだ喜平が夜を待って不意討ちにしたのではないかと噂が流れた。

武士の面目にかかわることで果し合いになったとすれば、喜平の言い分も聞き、それなりの裁きをしたであろう。

しかし、喜平はそのまま姿をくらました。

国老・三雲典膳は、

「これでは船津家の面目が立たぬ……」

と、怒りを顕《あら》わにして、主君・出羽守にまず遣いを送り、己が不始末を詫びた上で、喜平の成敗を願ったのである。

出羽守は典膳を責めなかった。

申し分のない剣客と思っていても、何かがきっかけとなり、思わず刀を抜いて、人を斬ってしまうこともあるだろう。

作田喜平にも言い分があったに違いない。

しかし、申し開きをすることもなく姿を消したというのは、武士にあるまじき行いである。

修行を積んだ剣客とて、実際に人を斬って恐ろしくなり、つい逃げてしまったのかもしれないが、それでは武家のけじめはつかない。

斬られた野川柳三郎には、仇討《あだう》ちが出来る身内はいないが、船津家の武門の意地にかけて、喜平を討ち果すよう密かに号令を発したのである。

典膳は喜平の逃走経路を探り、奴はどうやら名を変えて江戸にいるようだと突き止めていた。

しかし、情けない話ではあるが、国表の武士には喜平を討ち果すだけの腕自慢がいない。

大勢でかかっては目立ってしまうし、もしも何人か斬られた上に取り逃がしてしまうようなことになれば、場が江戸だけに恥の上塗りとなろう。

ましてや、国表の家来でそれなりに剣術が遣える者の顔は、ほとんどが喜平に知られている。

そこで密かに白羽《しらは》の矢が立ったのが、本多礼三郎と中倉田之助であった。

本多は偶然にも、国表に所用で訪れた時、作田喜平に何度か会っている。

そして、喜平は田之助の顔を知らない。

二人でそっと喜平を捜し出し、田之助が仕留める——。

それならば上手くいくのではあるまいか。

田之助は、家臣を監察する目付でもあったから、是非もなかった。

作田喜平は、物静かではあるが意外にも弁が立ち、もっともらしい言葉で相手を油断させて、いきなり得意の抜刀術で襲ってくるかもしれぬ。それゆえ、有無を言わさず斬れとの指令を受けたのである。

喜平が野川柳三郎を斬った瞬間を目撃した家中の者の話によると、二人は何かを語らっているように見えたという。

喜平は屈んで草履の鼻緒をいじりながら、柳三郎はそれを見下ろすような様子であった。

やがて喜平が立ち上がり、柳三郎とすれ違うと、柳三郎は足をもつれさせるようにして倒れたのだ。

その時、喜平が刀を抜いたようには見えなかったが、柳三郎の胴は見事に斬られていた。

「恐るべき遣い手……」

話を聞いて、田之助は何としても喜平は自分が斬ると、闘志を燃やしたものの、この話が出た頃から体調を崩し、本多と探索を続けている間に病に倒れ、ついに帰らぬ人となったのである。

「なるほど、そのようなことが……」

平右衛門は、その作田喜平を討たずして病に倒れた無念が、田之助にあのような書付を遺させたのだと思うと、何ともやるせなかった。

「まさか……」

鷹之介も衝撃を受けていた。

作田喜平の野川柳三郎殺害の様子が、先日大沢要之助が話していた辻斬りの手口と酷似していたからだ。

そういえば、田之助に件の辻斬りの話をした時、

「そのような辻斬りが江戸に……」

彼は当惑の表情となり、やがてそれが憤怒に変わったのは、

——もしやその辻斬りは。

と思い至ったからかもしれなかったのだ。

だがその時、田之助はどうせこの役儀は自分にはもう務められないと悟り、特に騒ぎ立てなかったのであろう。

辻斬りの話を、本多は田之助から聞かされていなかった。

今、改めて本多にこの話をすると、彼は目を輝かせ、

「或いは、そ奴が作田喜平かもしれませぬな」

思わず袴の膝を握りしめた。

まず斬ったかどうかわからぬ早業であったというのなら、それほどまでの技を持ち合せている武士はいまい。

江戸に逃れたものの金に困り、辻斬りを働いた……。そのようにも考えられる。

国表からの情報では、そもそも喜平は市ケ谷《いちがや》から小石川《こいしかわ》辺りに住んでいたことがあるという。

辻斬りが現れたのは神楽坂の北辺りであったとなると、地理としても被ってくる。

既に本多は、田之助と共にその辺りを見廻っていたのだが、

「この先も、あの辺りに狙いを定めて探索してみる価値はござりまするな」

と、考えを新たにしたのだ。

「いや、それにしましても……」

本多は武芸帖編纂所の存在意義について感じ入っていた。

ただ、武芸帖をまとめ記していくだけでなく、ここにはあらゆる武芸についての噂が転がり込んでくる。

「そのような役所になされた頭取は、立派にござりまするな」

本多は思い入れたっぷりに言った。

平右衛門もしきりに相槌を打っていたが、

「とは申せ、火付盗賊改や町奉行所が辻斬りの探索に乗り出しているとなれば、先を越されてしまうかもしれませぬな」

と、腕組みをした。

「いかにも……。我が家中の者が辻斬りに成り下がっていたとすれば、それもまた御家の恥。作田喜平が捕えられる前に討ち果さねば恰好がつきませぬ」

本多も深刻な表情となった。

件の辻斬りが誰であれ、またどこかで人を斬る恐れもある。早急に捕えねばならない。

鷹之介としては、もしや辻斬りは作田喜平であるかもしれぬと大沢要之助に伝え、下手人を捕えることが先決である。

しかしそれでは、船津家の邪魔をすることになる。

かつての剣友とはいえ、ここは要之助には何も言わずにおくのが武士の情けではないかと思い、

「御案じ召さるな。初めに申し上げたように、作田喜平のことについては、火付盗賊改には一切口外いたさぬ」

鷹之介はまず本多を安心させた。

「忝うござりまする……」

本多は頭を垂れたが、

「とは申せ、田之助の死によって、作田探索は遅々《ちち》として進んでおりませぬ……」

と、焦燥を募らせた。

もし辻斬りが作田だとしたら、とどのつまりは幕府の役人の手を煩《わずらわ》すこととなり、船津家の面目は丸潰れであった。

それでも、密かに作田喜平を仕物にかけることが出来るのは中倉田之助だけであり、彼の代わりはいない。

このまま作田が捕えられたとしても、

「そのような者は、当家とは一斉関わりがござらぬ」

と、苦しい言い逃れをするしかない。

家中としても、新たな手を打たんとしているのだが、すぐに中倉田之助をしのぐ者を見出すことも出来まい。

「ならば、倅の代わりに是非この、中倉平右衛門を御役立てくださりませぬか」

すると、平右衛門が俄に本多用人に願い出た。

「何と、貴殿が……」

本多は、まじまじと平右衛門を見た。

六

息子が成し遂げられなかった一事を父が引き受ける——。

考えられぬことではなかった。

武士は家一族が行動の礎《いしずえ》である。

中倉田之助の奉公人達は、また新たな行先を求めたが、中倉の隠居として平右衛門が田之助の務めを引き継いだとてよかろう。

ましてや平右衛門ほどの居合の名人なら。

田之助の死によって中断を余儀なくされているが、依然本多に与えられた主命は生きている。

本多礼三郎が、己が手の者と共に作田喜平を討ち果したとて咎められる筋合いのものではないはずである。

「中倉殿のお気持ちは嬉しゅうござるが……」

「歳を考えろと仰せで……」

平右衛門はふっと笑ったが、彼の目の奥の光は、みるみる輝きを増していく。

平右衛門が抜刀術の師範であることはわかっていたが、齢《よわい》六十を過ぎて追討に加わるとは、本多には考えもつかなかった。

老人にはつらい務めであるし、命を投げうつ覚悟がいるのだ。

——平右衛門殿ならば。

鷹之介は、そのように思ったが、平右衛門の覚悟が何とも哀れに思えて、

「江戸で命を落してもよいと申されるか」

と、傍らからやさしく問うた。

平右衛門は力強く頷くと、

「倅とは、分かり合えぬまま別れてしまいました。されど、同じ敵を求め剣を揮えば、離れて暮らした日々が取り戻せるのではないかと……」

小さく笑ってみせた。

「因果な話でござりまする……。わたしが、かつて主家を去ったのも、同輩を斬り逃げた家中の士を、主命によって討ち果したことが因《もと》となり申した。人を斬った悔いと、己が術の未熟を知った苦しみ、世間の目の冷たさ……。それが嫌で浪人となり、長閑な田舎の地で己のみを鍛えて参ったというに、また父子で同じことをせんとしていたとは……」

「左様でござるな……」

鷹之介は、かける言葉が見つからなかった。

父の無念を子が晴らさんとするのはわかるが、老いた父が子の無念を晴らすのもまた、武士ゆえの悲哀である。

だが、失った息子との日々を、刀の一振りにかけて取り戻せるのもまた、武士ならではの喜びではなかろうか。

そんなことを考えつつ、何と言えばよいのか、若い鷹之介には出てこなかった。

ここに高宮松之丞がいたら、三右衛門と大八がいれば何と声をかけるだろうか――。

ただひとつ言えるのは、本多用人に、

「中倉平右衛門殿ならば、田之助殿の代わりには相応《ふさわ》しいと、わたしは思いまするぞ」

この老剣客の望みを叶えてやりたいということである。

鷹之介は逡巡する本多を誘い、平右衛門と共に武芸場に入った。

平右衛門は、鷹之介の勧めのままに、大地流を披露した。

鷹之介はこの数日で学んだ抜刀術の組太刀の相手を務めて、平右衛門の技を本多に見せつけてやった。

「こ、これは真に……」

本多は感嘆した。

田之助の術も凄まじかったが、平右衛門のまったく気負いのない抜刀の妙をまのあたりにすると、もうそれだけで作田喜平を仕留めた気になった。

船津家では、江戸表、国表共に武芸は盛んであったが、平右衛門の術に触れると、喜平を斬ることが出来そうな士が見当らないのは、真に不甲斐なかった。

「いかがでござるかな……」

平右衛門は演武を終えると、本多の前で畏まった。

どうもこうもなかった。

本多礼三郎も、船津家に仕える身である。

自分が連れて来た田之助にすぐに死なれ、作田喜平討伐が頓挫《とんざ》している状態に、危機感を抱いていた。

今目の前にいる達人が助けてくれるのならば、これほどありがたいものはない。

喜平に出会えれば、奴は平右衛門が老人ゆえに甘く見てかかるであろう。

そこで抜き打ちの勝負に出れば、勝てるはずだ。

本多もそれなりに剣術は修めている。

作田喜平が一人のところを見定めて、平右衛門が抜き打ちをかけ、自分が後詰《ごづめ》となれば難しくはない。

彼の頭の中に、そのような光景が浮かんだ。

「承知いたした。何とか叶うよう、動いてみまするゆえ、お願い仕《つかまつ》りまする……」

本多もまた威儀を正し畏まってみせた。

「ありがたき幸せにござりまする……」

平右衛門は深々と頭を下げた。

「よろしゅうござりましたな」

鷹之介は、素直に喜んで、

「これは船津家御家中のことでござれば、我ら公儀武芸帖編纂所は、一切関わり合わぬようにいたしましょう。さりながら、これも何かの縁にござる。知らぬ顔をしながらも、そっと御助勢いたしたく存ずる。大地流を絶やさぬようにする務めを、我らは御上より担うておりまするゆえ、それだけはお許しをいただきとうござる」

本多と平右衛門には、そのように宣言をした。

二人共に、鷹之介の武士の情けを大いに感じて、

「忝うござりまする」

と、威儀を正したものだが、

「つきましては、この世に僅かながら気がかりがござりますれば、まずそれをすませとうござりまする」

平右衛門は、はにかみながらそのように続けたのである。

七

船津家に干渉せず、そっと平右衛門の身を守ろうと心に決めた新宮鷹之介であったが、中倉平右衛門は作田喜平討伐に身を投ずる前にすませておきたいことがあると言う。

それを問うと、

「ある人の様子をそっと窺い、困っていることがあるのなら助けてやりたいと思うておりまする」

とのこと。

もちろん本多礼三郎に異存はない。

息子が仕えていた大名家のために、命をかけるのである。思い残すことなく臨んでもらいたいものである。

「その、相手の消息は知れているのでござるか？」

鷹之介が問うと、

「大よそのところは……」

と、歯切れが悪い。

「では、いささか尋ね歩かねばならぬのでござるな」

「はい……」

「ならば、そのお手伝いはお任せくだされ。ここで手間取っていては、本懐《ほんかい》を遂げる足かせとなりましょう」

鷹之介は、今すぐにでもこの老剣客のために何かしてやらないと気がすまなくなっていた。

このように言うと平右衛門も遠慮は出来まいと、有無を言わせず話をまとめてしまった。

本多もまた、平右衛門を使うには、それなりの根廻しがいるので、少しの暇が必要であった。

「それならば平右衛門殿、まず此度《こたび》は御助力を賜《たまわ》るがよろしかろう。改めて見参仕りましょう」

ここはひとまず鷹之介に預け、自らは永田町の船津邸に戻った。彼自身も命をかけるのだ、その足取りは訪ねて来た時よりも勇壮《ゆうそう》に見えた。

「忝うござりまするが、頭取のお手を煩せるほどのことでもござりませぬゆえ……」

平右衛門は二人になると、恐縮の体で口ごもった。

「そっと様子を窺いたいという相手は、かつて訳ありの……」

鷹之介はさらりと言って、笑ってみせた。色恋については、どうしようもない朴念仁であるが、この若殿とてそれくらいの機微はわかる。

冷やかすでもなし、平右衛門が応えやすいように問うたのだ。

「ははは、訳ありといえば、大いに訳ありでござるが、わたしにも煮え切らぬ若造の頃があったというわけでござりまするよ……」

平右衛門は、照れくささを笑ってごまかそうとしたが、先ほどとは打って変わって、目の奥の光が淡くやさしいものになっていた。

「江戸にそのような思い出が？」

鷹之介は淡々と訊いていく。

そうして、その相手がかつて神田佐久間町で、以心《いしん》流の道場を開いていた岩田《いわた》瀬《せ》兵衛《へえ》の娘・菊栄《きくえ》であると聞き出すと、すぐに中間の平助を四谷伝馬町《てんまちょう》に走らせた。

甘酒屋儀兵衛に調べ物を頼むためであった。

菊栄は、京橋南弓町《きょうばしみなみゆみちょう》の武具店に嫁いでいたが、今は五十半ばを過ぎた後家で、息子の勝太郎《かつたろう》に武具店の切り盛りは任せているそうな。

平右衛門は、この菊栄と勝太郎の様子をそっと窺いたかったのである。

火付盗賊改方の手先を務める儀兵衛である。今は昼下がりとはいえ、ひとっ走りすると、明日の朝には大よその事情を報せてくれるであろう。

その前に、今宵は平右衛門から、菊栄との因縁を聞かねばなるまい。

鷹之介は、平右衛門が田之助の無念を晴らすために船津家の追討に加わることになったあらましを、水軒三右衛門と松岡大八に耳うちした。

「その後の話を聞き出すのなら、いずれにせよ酒が要りまするな」

三右衛門の提言で、その夕から平右衛門の武運を願い、編纂所で宴を開くことにした。

すぐに中間の覚内《かくない》が深川へ走った。

お光は酒肴を調え、接待に燃えていたが、相変わらず色気がない。

「色気がない？　あの姐さんよりはあたしの方が若くて生きが好いですよう」

という具合にお光が勝手に張り合う、春太郎を呼んだのだ。

三味線片手に駆けつけた春太郎を見て、

「斯様《かよう》なお気遣いは御無用に……」

平右衛門は恐縮したが、

「わざわざ芸者を呼んだ、などと思わないでおくんなさいまし。ここじゃあ、わっちもお仲間でございましてね」

春太郎は、さばさばとした物言いで頰笑むと、

「お光ちゃん！　動くんじゃあないよ」

と、一声かけると、やにわに髪に潜ませた針状の手裏剣を打った。

「な、何するんだよ……！」

手裏剣は、お光が抱くように持っていた盆にたちまち三本突き立っていた。

「だから、動くなって言っただろ」

春太郎はからからと笑って、日頃から自分に喧嘩を売ってくるお光をやり込めた。

「これはお見事……」

平右衛門の緊張は一気に解けて、春太郎の三味線と、お光が捌《さば》いた細魚《さより》の刺身を肴に酒が進んだ。

とろりと酔うと、思い出は昨日のことのように蘇り、語る口舌は滑らかになる――。

「まだ、二十歳になる前でござった……。わたしは、その頃家中では剣術の腕を買われ、家督《かとく》を継ぐまでの間、江戸で剣術修行をして参れと、ありがたいお言葉を賜りまして……」

若き中倉平右衛門は、喜び勇んで出府を果した。

江戸には六十余州から腕自慢が集まってくる。

自分の腕がどれほどのものかを試すのは、平右衛門にとっては大きな楽しみであった。

——なるほど、江戸は大したものだ。

剣術留学ということで諸流の門を叩いたが、どの稽古場にも恐ろしく強い剣士がいて、まったくかすりもしない立合を何度も経験したものだ。

それでも半年ほど経つと、強い者の中でもまれた平右衛門は、めきめきと腕を上げ始めた。

かすりもしなかった相手に一本を取れるようになり、とりわけ居合、抜刀術においては天才的に技を会得していった。

特に神田佐久間町にあった以心流の道場では、師範の岩田瀬兵衛の指南が性に合ったのか、すぐに皆伝《かいでん》の誉れとなった。

「わたしは得意でござった……。強くなると周りの者達もちやほやとしてくれる……。その中にいたのが菊栄殿でござった」

菊栄は瀬兵衛の娘で、先年母親を亡くしていたので、道場の切り盛りを手伝っていた。

平右衛門が入門した時はまだ十五で、果実の香りが漂うかのような瑞々《みずみず》しい娘であった。

周りの者にちやほやされるのは嬉しいが、それで好い恰好が出来るほど洗練されてもいなかった平右衛門であった。

得意な想いを噛みしめて、はにかんでばかりいたのだが、その純朴さに菊栄は惹かれたようで、何かと理由をつけては平右衛門に近付き世話を焼こうとした。

平右衛門も国表から留学に来ている身であったから、剣術修行をしていればよいという気楽さもある。

菊栄の好意には、彼もまた心を浮き立たせて、いつしか二人は想いを寄せ合う間柄となっていった。

平右衛門は定府《じょうふ》の家来ではなく、あくまでも家督襲《しゅうほう》封前の修行中であるから、江戸詰の武士達と同じ扱いで、剣術稽古の他は暇であった。

といっても遊ぶ金もない。とにかく道場通いをするしかなかったのだが、そこに菊栄と会う楽しみを見出した。

「おぬしはまったく稽古熱心だな」

周りの者が感心するほどに、岩田道場での稽古に没頭出来たのは菊栄目当てでもあったからだ。

一年が過ぎると、若い二人にも智恵がついてくる。

道場の外でも時に逢えるような手立を、菊栄が考えた。

「さて、今日も励みましょうぞ！」

と、平右衛門が威勢よく稽古場で叫ぶと、稽古の後は少し暇があるという合図であった。

これに応えられる時は、菊栄は丸く張り出したおでこを右手でなでてみせるのだ。

父が壮健でもあり、まだ隠居するのも先のことで、平右衛門はしばらく江戸に留まることになった。

その間に、菊栄は少女から娘に変わってきた。

平右衛門も少しは江戸に慣れてきたので、道場の外での逢瀬《おうせ》も堂に入ったものとなってくる。

それでも逢瀬というには、あまりに初々《ういうい》しい二人であった。ほとんどがどこかの寺社の境内を歩いたり、掛茶屋で甘い物を食べたり……。

だが大人の男女となった二人は、当然未来を誓い合うようになる。

岩田瀬兵衛は、二人のことに気付いていたが、自分も手塩にかけたくなるほどの弟子が相手なのであるから、娘の気持ちもよくわかる。

何も言わずに見守ってきたが、

「あまり平右衛門を思いつめるではないぞ」

平右衛門が入門して二年が経った時に、菊栄に強い口調で言った。

「岩田先生は、わたしの先行きをすっかりと読んでおられたのでしょうなあ」

「先行きって？」

お光が訊ねた。

「そのうちに国表へ戻って、父の跡を継ぐってことさ」

大八が窘めるように応えてやった。

「てことは、そのお嬢さんを連れて国へ帰るだろうと……」

「たわけ者が、連れて帰らなんだゆえ、こういう話になっているのであろう」

「あ、そうでしたね……。引っ込んでおります……」

「それが好いよ」

春太郎に頰笑まれて、お光はぷーッと頰をふくらませた。

平右衛門の切なくなってきた表情が、これでまた明るくなった。

「先生、やっぱり別れちまいましたか……そのお人と……」

春太郎がしっとりとした声で言った。

「はい。わかれてしもうた……」

お光が言うように、若い平右衛門は菊栄を連れて帰ろうと思っていた。

それが難しいこととは考えてもみなかった。

江戸に留学させてもらっている上は、とにかく剣技を鍛えて上達しよう。それさえ出来ていれば、何をしても許してもらえるだろうと、恋に現《うつつ》を抜かさず日々励んだ。

しかし、皮肉なことに彼の剣が上達すればするほど、便りを受ける国の親は平右衛門に期待を抱いたし、周りの大人達も平右衛門を何とか引き上げてやりたいと思うものだ。

出府二年で、平右衛門は国表に戻るようにとの命を受けた。

父とは別に五十俵下されて、郡奉行の配下として出仕し、武芸指南を兼ねるようにとの由であった。

それに先立って、国表から父と親類縁者の数名が江戸へ来て、戻ってからの段取りを相談し始めた。

平右衛門は、ここぞとばかりに自分は菊栄という娘を妻とし、連れて帰りたいと一同に打ち明けたのだが、

「そんな話は聞いておらぬ！」

「勝手に己が婚儀を進める奴があるものか！」

けんもほろろにはねつけられた。

既に平右衛門の妻になる相手は、一族の談合によって決められていた。

お前達こそ、勝手に人の婚儀を進めるな――。

平右衛門は、そのように叫びたい想いをぐっと堪えて、剣術師範の娘を妻にするのは、この先の自分にとって大事であり、

「浮わついた想いで申しているのではござりませぬ」

と説いたが、聞き入れられるわけはなかった。

武士は婚儀もまた大切な務めである。身分や立場相応の相手から妻を迎えてこそ

家中はまとまり、主君への忠義をまっとうできるのである。

「御家はお前を、嫁探しのために江戸へ遣わしたわけではないのだぞ」

そう言われると、返す言葉がなかった。

しかし、それで思い切れるはずはなかった。密かに菊栄と会い、

「わたしは浪人してでもそなたと夫婦になり、剣客として生きていこう」

そのように誓った。

想いはしっかりとしていた。まず国表に戻り、父と身内、支配を説き、菊栄と一緒になろうと固く決心したのだが、国表に戻ると剣術の成果を称えられ、方々で演武を強いられた。

日々多忙で、菊栄の話など聞き入れられぬまま徒らに刻は過ぎて行く。

国表の秋田は江戸から遠かった。一旦戻ると、江戸へ出府する機会などなくなってしまう。

江戸には何度も文を送った。

「待っていてもらいたい」

菊栄にそう伝えたものの、そのうちに文を送ることもままならぬようになり、や

り取りにも暇がかかった。

あっという間に一年が過ぎ、やがて剣の師・岩田瀬兵衛から文が届いた。瀬兵衛には礼を尽くして、菊栄を何としても妻にもらい受けたいと願い出ていたのだが、

「菊栄のことは思い切るがよい」

と、認《したた》められてあった。

八

「大人達にまんまとしてやられましたよ……」

平右衛門は、ぽんと白髪頭を叩いてみせた。

「わたしがあまり願うので、一計を案じたのでござろう」

大人達は、まず国表に戻って己が口で皆を説き伏せてみよと、平右衛門に言った。だが、その間に大人達は岩田瀬兵衛を攻め、平右衛門を思い切ってくれるようにと願い出た。

平右衛門の不手際を詫びて、あれこれと進物《しんもつ》もしたのであろう。

そもそも瀬兵衛はこうなることをわかっていた。娘もそれなりに大人になっているのであるからと思うに任せていたのだが、目をかけた弟子が、何としてでも娘を妻にせんとして苦闘した跡が窺われれば、もうそれだけでよかったのだ。

平右衛門は、瀬兵衛に文を送り、自分の気持ちは変わらないと伝えたが、瀬兵衛からはただただ、

「忘れるように……」

と返書が来た。

遂には菊栄からも別れを告げる文が来た。

「恐らく岩田先生が、わたしのためを思うなら、思い切れと申されたのでござろう……」

平右衛門は失恋話を懐かしむように話していたが、さすがにこの件《くだ》りになると大きな溜息をついた。

「刻はわたしを呑み込むように流れていった……。あらゆる想いを洗い流しながら……」

その後のことは言うまでもなかろう。

平右衛門が落ち着かぬので、父は隠居を願い出た。平右衛門は家督を継がねばならず、役儀に没頭せざるを得ず、郡奉行の職責を担い、いつしか江戸での日々も思い出となった。

周りが決めた縁談に従い、妻子を得た。

しかし、その間も菊栄を忘れたことはなく、そっと消息を辿った。

すると数年後に岩田瀬兵衛の死を知り、菊栄が武具店に嫁いだとの噂が耳に届いた。

瀬兵衛は、平右衛門の心を乱してはなるまいと、自分の病のことや菊栄の婚儀などは一切伏せていたようだ。

こうなると平右衛門も、菊栄についてはそっとしておくのが彼女のためであると、思い切るしかなかった。

刻は彼を分別のある大人にしていたのだ。

「そのような想いまでして勤めた奉公も、なまじ剣術が遣えたがために同じ家中の者を斬り、それが因で浪人することに……。新たに得た妻には先立たれ、息子にも愛想を尽かされた……。ははは、まったく正体もござりませぬ」

平右衛門は自嘲気味に笑った。

「だが、武芸は見事に身についた……。武士にとって何よりの幸せと存ずる」

そんな老師に三右衛門が力強い言葉をかけた。

「いかにも。幸せはあれもこれも得られるものではござらぬゆえ」

大八が、相槌を打った。

――なるほど。それが何よりの答えか。

鷹之介は、三右衛門と大八の当を得た労りの言葉に感じ入った。

――年長者がいるとありがたい。

自分が口にしたとて、平右衛門の心を癒す言葉にはならないであろうが、この二人が言うと平右衛門も救われる。

悲哀に陥ることもなく、

「まず、そんな昔話でござりまするよ。誰にでもあるような……」

平右衛門は笑って話をひとつ終えた。

中田郡兵衛は、にこやかに相槌を打つのみ。こんな時には余計な口を利かず、新たな酒肴の用意に走るお光も気が利いている。そして、艶やかな笑顔を送りつつ無言のうちに春太郎は三味線を爪弾く。

「菊栄殿も、きっと幸せに過ごされたのでござろう。さりながら、勝太郎なる倅に、いささか難があると耳にいたしましてな……」

お蔭で平右衛門は、作田喜平討伐に当って、すませておきたい一事を、三味の音にのせてゆったりと語ることが出来たのである。

九

京橋南弓町にある武具店は、この日もなかなかに賑わっていた。

〝武具〟と武骨に大書された看板が、道場のような趣で出入り口の脇に掛けられ、土間の向こうの座敷には、革手袋、剣術用の面、籠手《こて》、乗馬用の鞍、轡《くつわ》が並んでいる。

座敷の奥には職人が三人いて、持ち込まれた武具の修理と、注文を受けた甲冑《かっちゅう》の拵《こしら》えをしている。

ここに来れば何でも一通り揃うし、刀の研ぎも請け負ってくれるので、武士達に重宝されているらしい。

「勝太郎は、もうどこかへ出かけたのですか？」

来客の応対に当っていた店の者に、眉をひそめて問いかけているのは、後家の菊栄であった。

この武具店を開いたのは菊栄の亡夫の父親で、浪人剣客であったものの足に怪我を負い、武具の製作に専念したのである。

初代のかつての剣友が、以心流剣術師範・岩田瀬兵衛で、武具に詳しい菊栄を息子の嫁に望んだ。

初代、二代共によく精進を重ね、武具店は大いに栄えた。

しかし、二代目主が十年前に他界し、菊栄との間の息子である勝太郎の代になってから状況が変わってきた。

店そのものは繁盛しているのだが、勝太郎の派手な交遊によって借財を抱えるようになり、その屋台骨は少しずつ傾きつつあった。

三代目主となった当初は、まだ二十歳を過ぎたばかりで、菊栄に支えられて何とか店の差配をこなしてきた勝太郎であったのだが、三年ほど前から様子が変わってきた。

元来、派手好き、遊び好きのところはあったが、ほどはよく心得ていたはずであった。

それが近頃では、まだ日の高いうちから出歩くようになっていた。

三十を過ぎた息子に、いちいちどこへ行くのかと訊くこともなかろう。しかし、仕事で出歩いているわけでもないのは明らかである。

菊栄がやきもきするのは無理もなかった。

もうすぐ六十に手が届こうかという菊栄であるが、まだまだ立居振舞《たちいふるまい》にも隙がなく、肌艶も生き生きとして、物の考え方もしっかりとしている。

いっそ勝太郎を廃嫡《はいちゃく》して、誰かを主にしてもよいとさえ思い始めていた。

剣客の娘である。それくらいの覚悟はいつも出来ている。しかし、腹を痛めて産んだ子供である。生来調子のよさはあれど、人当りのよいやさしい気性は、母から見ても憎めない。

「安住《あずみ》様に振り回されているのですね……」

菊栄はこの日も店に顔を出しては、厳しい表情を浮かべていたのである。

その勝太郎は、芝《しば》の車坂町《くるまざかちょう》にいた。

安住祐之助《ゆうのすけ》からの呼び出しを受けてのことである。

祐之助は五百石取の旗本で、無役ながら麻布雑式《あざぶぞうしき》の屋敷に犬上《いぬがみ》流剣術の道場を開いていた。

もっともらしく犬上流などと称しているが、この道場は、御家人の次男、三男や、剣客崩れのやくざ者が集う掃き溜めの感がある。

彼らは門人というよりも、祐之助の乾分《こぶん》であり、彼らが師について町を歩くと、町の地廻りなどもこそこそ逃げ出す始末であった。

つまり安住祐之助は、旗本の殿様にして剣術道場の師範を謳《うた》い、辺りの破落戸《ごろつき》からかすりを取る凶悪なやくざ者の親玉といえよう。

「ああ、来たよ、来なすったよ……」

道行く勝太郎は呟いた。

いきなり通りに姿を現した数人の武士が、何が気に入らなかったのか、処《ところ》の勇み肌二人を引きずり倒して、蹴り上げている。

「無礼者めが！　直参《じきさん》旗本を何と心得る！」

怒鳴っているのは、まさしく安住祐之助である。

着流しに細身の太刀を落し差しにして、素足に草履をはいた姿のどこが直参旗本であろうか。

不良浪人と見て、ちょっと小癪《こしやく》な風情を見せて通り過ぎようとしたら、周りに乾分達がいて、

「おのれ、今、おれを睨みやがったな……」

などと因縁をつけたのに違いない。

これが祐之助が人と会う時や、これから店に入ろうかという時の常套《じようとう》手段である。

まず誰かを痛めつけて、己が力を誇示しておくと、相手は自分を恐れ、談合も早くすむし、店で無理もきかせやすい。

「とっとと失せろ！」

祐之助は、二人を追い払うと、

「おお、勝さんか、呼び出したりしてすまなんだな！」

と、手を振ってみせた。

誰かを脅しておいてやさしい声をかけるのも、いつもの手口である。

お蔭でこのところ勝太郎は、芝界隈で誰にも絡まれたり、乱暴な口を利かれることもない。

安住祐之助の仲間として認識されているからだ。

初めのうちはそれも気分がよく、調子に乗って〝殿様〟〝先生〟と、親しく言葉を返し、自らも少しばかり肩で風を切ってみたが、今ではもううんざりとしているのが、その表情に表れている。

それでも付合いを欠かすわけにもいかぬ事情が、勝太郎にはあった。

祐之助の傍へ近寄るにつれて、表情に愛想を浮かべ、

「これは殿様、御機嫌麗《うるわ》しゅう……、はござりませぬようで」

「ははは、近頃はたわけが多うて困りものじゃ。さて参ろうか」

祐之助と軽口を交わして、傍らの料理屋へと入っていった。

その料理屋の二階座敷から、今の一部始終を見ていた一団があった。

武芸帖編纂所頭取・新宮鷹之介、編纂方・水軒三右衛門、松岡大八、そして大地流抜刀術師範・中倉平右衛門であった。

さらにこの四人に小声であれこれと、安住祐之助と武具店の勝太郎の関わりについて説き聞かせる男が一人——。火付盗賊改方で差口奉公を務める甘酒屋の儀兵衛であった。

中倉平右衛門が、この世においてのただひとつの気がかりが、よからぬ評判が流れる菊栄の息子・勝太郎の今であった。

浪人してでも一緒になると誓いながら、武家の宿命に流されて菊栄を捨ててしまった平右衛門は、何とか彼女の役に立ちたいと思っていた。

編纂所でそれを打ち明けると、京橋南の武具店について調べてもらいたいと、鷹之介は儀兵衛に遣いを送った。

鷹之介にぞっこん惚れぬいている儀兵衛は、すぐに動いた。

未だ件の辻斬りの目星は、はっきりとついていないのだが、儀兵衛は乾分達を指図して、たちまち安住祐之助と勝太郎の縁を調べあげたのである。

今日は、祐之助と勝太郎が、この行きつけの料理屋で会うと聞きつけ、二人の顔を見覚える好い機会だと、表を見渡せる二階の座敷を押さえここから様子を窺った。

「安住祐之助って殿様の悪い噂は、前から聞き及んでおりました……」

その行状《ぎょうじょう》は前述した通りであるが、勝太郎は祐之助にちょっとした借りをつくってしまったらしい。

勝太郎は武士の出であり、甲冑師でもあるので武具店の主であっても苗字帯刀が認められている。

若い頃は剣術道場にも通い稽古に励んだこともある。それゆえ大した腕前ではなくとも、それなりに武芸の心得があるので、喧嘩も強かった。

威勢を張って盛り場を闊歩《かつぽ》したこともあった。

武具店の客は、武芸に励む武士達であるから、ある程度の腕っ節や、押し出しの強さも必要であった。

しかし、そういう強さは内に秘めて、いざという時の凄みにすればよいものを、女房子供を得た身というのに、男伊達を気取って盛り場で恰好をつけたのがいけなかった。

「好いたらしい旦那……」

と寄ってきた性悪な酌婦《しやくふ》にひっかかり、ある日その異母兄であるという旗本が、

「妹を孕《はら》ませやがったな。この始末をどうつける気だ」

と、乗り込んできたのだ。

本当に孕んでいるのか、孕んでいたとしても誰の子かわからぬような話だ。この旗本というのも性質《たち》の悪い男で、無役の二百石取り。ぎりぎり旗本にしがみついているようなやくざ者であった。

勝太郎は窮した。食い詰め旗本は失うものなどない。下手にもめると面倒なことになろう。怪しげな酌婦の情夫を気取って美人局《つつもたせ》に遇ったようなものである。

勝太郎の妻は町医者の娘であったが、娘を連れて実家へ帰ってしまった。

勝太郎はこれに怒ったが、

「その方が安心できます」

菊栄は嫁の肩を持った。

「妻と子がいない方が、思い切ったこともできるものです」

と、勝太郎を突き放したのだが、その難儀を聞きつけて、

「まずおれに任せておけばよい」

と、手を差し伸べてくれたのが、武具店の客筋であった安住祐之助であった。

勝太郎は、祐之助の蛮行については、予《かね》てから聞き及んでいたが、武具屋に来る

時はなかなか洒脱《しゃだつ》で、独特の稚気《ちき》も持ち合わせていて、彼なりに憧れを抱いていた人物であった。

「勝太郎殿、くだらぬ奴に絡まれていると聞いたぞ」

と、問われて、思わず経緯を話してしまったのだ。

すると、毒をもって毒を制するがごとく、安住祐之助は勝太郎の難儀を見事に収めてくれた。

勝太郎が感激して、交誼《こうぎ》を深めていったのは言うまでもない。

祐之助は、勝太郎が申し出た礼金は一切受け取らなかったから、正しく男伊達の人だと、勝太郎はすっかりと心を開いたのである。

しかし、ただより高い物はない。

ましてや、やくざ者を追い払うのにやくざ者を使えば、また新たな火種が出てくるというものだ。

交遊を続けるうちに、祐之助は勝太郎にあれこれ無心をするようになってきたのである。

酒食をたかるくらいはたかがしれている。だがそのうちに、ただ同然の値で甲冑をわけてくれとか、十日だけ金を融通してくれとか、祐之助は勝太郎を食い物にし始めたのだ。

勝太郎は困り果てた。

祐之助のお蔭で、おかしな連中は武具店に寄りつかなくなったが、店の方は出銭がかさんで次第に傾きかけてきた。

それでも、安住祐之助との付合いを断つわけにはいかない。

祐之助を怒らせてしまうと、店の顧客に嫌がらせをされたり、収めてもらった酌婦の一件を、再びほじくり返される可能性もある。

せっかく一難が去ったが、今度は祐之助との付合いを強いられ、

「武具屋の主は、店を放ったらかして何をしているのだ」

と、世間から冷い目を向けられるようになった。

これでは、実家に戻ってしまった妻子を呼び寄せることも出来ない。

菊栄は祐之助との関わりについて知ってはいるが、主は勝太郎であり、自分が何を出来るものではないと、苛々しつつ見守るしかなかったのである。

「さすがは親分だ。あっという間に調べがついたのだな」

新宮鷹之介に誉められて、儀兵衛は顔を赤らめ、

「大したことじゃあございません」

照れ笑いを浮かべた。

「頭取には色んな頼りになる人が付いているのですねえ」

中倉平右衛門は、たちまちのうちに菊栄の屈託を解せたこともありがたかったが、儀兵衛のような男を使いこなせる鷹之介の不思議な力に感嘆をしていた。

「話はすぐにつきそうですな」

水軒三右衛門が、こともなげに言った。

「すぐにつきましょうか？」

平右衛門にはその実感がわいてこないようだ。

「要は最前、表で暴れていたやくざな旗本と手を切らせればよいわけでござろう」

松岡大八が言った。

「それはそうでござるが……」

長閑な田園の中で、ひたすら抜刀術を極めてきた平右衛門は、このような浮世の計略にはまったく疎い。

下手な策など立てずに一直線に進んで来た鷹之介であったが、この一年の間に、三右衛門と大八に随分と鍛えられていた。

「まず相手は旗本でござるが、かくいうわたしも旗本でござる。腕にものを言わせるというならば、こちらも負けてはおりませぬ。皆で智恵を絞れば何かよい方策も見えてきましょう」

鷹之介が不敵に笑うと、向こうの座敷から、むくつけき男達の騒ぐ声が聞こえてきた。

「あまり頭のよさそうな連中でもないようだ。少しばかり不意を衝いてやろう……」

鷹之介、三右衛門、大八は、ほくそ笑みつつ、平右衛門に酒を勧めた。

この間に儀兵衛はさっと動いてまた座敷に戻ってくると、

「勝太郎さんは、おつかねえお武家に囲まれて、何やらおもしろくねえ顔をしておりやしたよ」

安住祐之助の座敷の様子を報せた。

「当り障りなく、あの連中と手を切るってえのはなかなか難しいようで。身から出た錆《さび》とはいえ、ちょいと気の毒になってきますぜ」

一同は先ほど二階から勝太郎の姿を覗き見たが、悪人には見えなかった。

若気の至りの代償が人より大きかった。それが不運であったというべきであろう。

安住祐之助のような悪党を野放しにしている御上にも責任はあるが、祐之助はこれといって罪も犯してはいない。

勝太郎にたかるのは、祐之助と勝太郎との間の貸し借りであるし、徒党を組んでいるようでいて、連れているのは皆、己が剣術道場の門人である。

その辺りが祐之助の悪智恵が回るところで〝鬼の火盗改〟も、わざわざ旗本相手にそこをほじくり返して、何とかしてやろうとまでは思わない。

ただでさえ多忙なのである。不良旗本と、それに関わる者の〝内輪揉め〟に付合う必要もないのだ。

勝太郎の憂鬱《ゆううつ》も頷ける。

だが武芸を悪事に利用するのは、武芸帖編纂の妨げになる――。

そのように捉えて動くのも、自分達の務めではないか。こじつけと言われようが、大地流編纂のために勝太郎の窮状を救うのは当然である。

「さて、どういたそうか……」

鷹之介は、この面々でちょっとしたお節介を焼く楽しみに、体が浮かれてくるのを抑えきれなかった。


それからしばし、鷹之介達は軽く一杯やりながら智恵を絞り、祐之助と勝太郎達が店を出たのを見はからって、目立たぬように店を出た。

そして鷹之介は一旦屋敷に戻り、原口鉄太郎と平助を供に従え、きりりとした紋服姿となって、京橋南弓町の武具店に勝太郎を訪ねた。

今度のお節介にあたっては、菊栄とは一切顔を合わさずにおきたいという平右衛門の願いを聞き入れてのことであった。

再会を懐かしみ、かつてのことについて、自分なりに頑張ったが及ばぬうちに、岩田瀬兵衛からも菊栄からも愛想尽かしの文が届き、泣く泣く思い切ったのだと申し開きをすればよいではないか。

その上で勝太郎の難儀を自分が救ってみせましょうと申し出れば、菊栄に対するわだかまりはたちまち消えてしまうであろう。

鷹之介はそのように勧めたが、

「お言葉はごもっともであるし、ありがたいことでござりまするが、もしも菊栄殿が今でもわたしを許しておらなんだら、余計なお節介はしてくれるなとなりましょう。それでは話が前に進みませぬ。ことが上手く運んだ後に、そういえば大地流なる抜刀術を開いた中倉平右衛門という男がいて、かつて岩田瀬兵衛先生に習うたとか……。などと、そこは上手く噂話などしてくだされたら幸いにござりまする……」

あくまでも陰徳《いんとく》を積みたいと、平右衛門は願ったのである。

ゆえに、まず策の手始めは、鷹之介だけで務めた。

鷹之介は、武芸帖編纂所頭取と名乗り、武具についてあれこれと教えてもらいたいと勝太郎に請うた。

その上で、安住祐之助とのよからぬ交際の噂が流れているが、三代続く武具店の存続が危ぶまれているとは由々しきことである。

まずその存念を聞こうと、強い口調で迫ったのである。

十一

その翌朝。

麻布雑式の安住祐之助邸にある犬上流剣術道場に、初老の弟子二人を連れた老剣客が現れた。

「何卒、安住先生に御意《ぎょい》を得とうございまする」

老師は恭しく門人に取次を請うたのである。

門人といっても、道場の内弟子の触れ込みで寝泊まりしているのは、ここを塒《ねぐら》にしている数人のやくざ浪人しかいない。

昨夜も祐之助に引っ付いて酒にありついていたので、眠い目をこすりながら、つっけんどんな物言いで応対しつつ、ひょっとして祐之助の存じよりの者であると困

るので、ひとまず取次いだのだが、

「大地流剣術指南・中倉平右衛門だと？」

祐之助もまた寝ているところを起こされて、機嫌が悪かった。

「そんな奴は聞いたことがない。追い払え」

と、門前払いを食らわせようとしたが、

「それが先生、お願いごとがあると言っております」

「願いごと？」

「御礼はさせていただくと」

「左様か……」

何かまた揉めごとでも起こした、いかさま剣客が泣きついてきたのかもしれぬ。

金になるなら会ってもみようかと、祐之助は渋々道場へ出た。

「中倉平右衛門にござります。控えておりまするは某の門人にござりまする」

祐之助が出て来ると、平右衛門は恭しく礼をした。門人の二人というのが、水軒三右衛門と松岡大八であるのは言うまでもない。

「安住祐之助じゃ。願いごととは何だ。手短かに申して、持参した物は置いていくがよい」

六十過ぎと四十半ばの三人である。祐之助は完全になめてかかっていたのだが、

「忝うござりまする。しからば手短かに申しまする。某、かつて神田佐久間町にあった以心流の道場・岩田瀬兵衛先生の弟子でござりまする」

平右衛門はまるで臆することなく語り出した。

「以心流？　岩田瀬兵衛だと？」

「その岩田先生の孫が、武具屋の主・勝太郎殿でござりまする」

「なるほど、そういえば、そのような話を聞いたことがあったのう」

「某、岩田先生には、ひと方ならぬ世話になり申した。それゆえ、武具屋の身代が傾くようなことにはなってもらいとうない……、そう願うておりまする」

「それで？」

「勝太郎殿は、貴方様にはかつて大変世話になったようでござりまするゆえ、ここに十両持参いたしました。どうかこれで御了見《りょうけん》願えませぬか」

稽古場の板間に座す平右衛門は、十両の金包みを差し出した。

「十両で何を了見いたせと申すか」

祐之助の目がぎらりと光った。

「この後、一切、勝太郎殿の傍近くには寄らぬようにしていただきとうござります る」

平右衛門は力強く言い切った。早春の光が稽古場の窓から射し込み、きらりと床を輝かせて、老剣客を神々しく照らしていた。

己が人生に決着をつけんと思い決めた者の姿は、何故このように美しいものであろう。

「無礼者めが！」

だが、それを解さぬ破落戸はここにもいた。

「老いぼれの兵法者《ひょうほうしゃ》づれが、何を偉そうな……」

暴れ者の門人達が立ち上がり、祐之助の傍に寄り集まった。

住み込んでいる浪人の他に、悪の巣窟に通い来る御家人の不良次男坊、三男坊達が、行き場もなく今日もやって来ていたのだ。

祐之助の家来と合わせると、その数は六人。

「誰の弟子かは知らぬが、これは勝太郎の差金か？」

祐之助は嵩《かさ》にかかって問い質した。

「それは断じてござらぬ！　恩人の孫をみすみす破落戸の仲間にさせとうないと思うた某の一存にござる！」

平右衛門も応じた。

「ならば命あるうちに出て行け！　勝太郎とおれの付合いに老いぼれが口出しいたすな！」

祐之助は激高《げきこう》したが、

「命あるうち？　これはおもしろい。某を相手にここで真剣勝負をするというならば、これは武芸者同士、受けて立ちましょうぞ」

「何だと……」

「強請《ゆすり》たかりの偽《にせ》武芸者に、それほどの覚悟もござらぬかな」

平右衛門は嘲《あざわら》笑った。

祐之助の乾分達はざわめいた。

「おのれ、ならばまず弟子のおれ達が、おのれを打ち殺してくれるわ！」

祐之助の怒りを見てとった一人が、木太刀を手に取り、平右衛門に振り下ろした。

その刹那、木太刀は真っ二つに切れていた。

目にも止まらぬ平右衛門の居合の技が出たのである。

一瞬光を放った刀身は、既に片膝立ちとなった平右衛門の刀の鞘に納まっていた。

余りの凄まじさに、道場の内は水を打ったように静かになった。

そこに木太刀を手にした三右衛門と大八が進み出て、

「ならばこちらも弟子の我らが、まずお前達を打ち殺してくれるわ」

「覚悟いたせ！」

口々に叫んだかと思うと、門人を気取るやくざ者達をそれぞれが三人ずつ、あっという間に打ち倒したのである。

六人は低く唸って床を這った。

段違いの強さを見せつけられ、祐之助は体を硬直させた。

「さて、これからは我ら二人の真剣勝負と参りましょう」

平右衛門は、太刀を腰に差し、立ち上がると、今にも抜かんと抜刀の構えを見せた。

「ま、待て……」

「待てませぬ。早う刀をとられよ」

冷徹に言い放つ平右衛門に、さすがの祐之助も戦慄《せんりつ》し声も出なかった。

――この者達は何者なのか。

わざわざ人のためにこんなところまで乗り込んでくる者が、浮世にいるとは思えなかった。これほどまで強いなら、自分など相手にしなくてもよかろう。

そんな想いが頭の中を駆け巡った時――。

「先生、お捜し申しましたぞ！」

爽やかな若侍が一人入って来て、平右衛門を窘めるように見たかと思うと、

「これは御無礼仕る。わたしは公儀武芸帖編纂所頭取・新宮鷹之介でござる」

「公儀武芸帖編纂所……」

「御存知ないかもしれませぬが、珍しい武芸などを書き記し、時に若年寄・京極周防守様を通じ、上様に御報せをするという役儀でござってな。今は大地流・中倉平右衛門先生について編纂をいたしておる最中でござる。先生におかれては、何か用があってここを訪ねられたと承っておりまするが、これはまた派手に稽古をなされたようにござるな」

たたみかけるように語りかけた。

将軍家お声がかりの役所となれば、滅多なことは言えまい。この三人の圧倒的な剣技を見れば、どう考えてもただ者ではない。

「いかにも、派手な稽古になってござる……」

祐之助は、かくなる上はこの頭取を〝時の氏神〟と奉り、何とか平右衛門との真剣勝負から逃れんとした。

「何やら行き違いがあったようでござるが、ここで果し合いなどされては、わたしが困る」

「果し合いなど、元より望むものではござりませぬ」

祐之助はここぞと話に乗った。

「ならば最前の、勝太郎殿との付合いの儀、聞き入れてくださりまするな」

平右衛門もここぞと言った。

「御公儀の思し召しを承る先生とは知らず御無礼仕った。先ほどのお申し入れ、確と承りましてござる」

祐之助は命拾いに胸を撫で下ろしつつ、畏まってみせて、

「このような金子《きんす》も頂戴するわけには参りませぬ」

と、件の十両も平右衛門に手ずから返した。

「ならば、中倉先生をお連れしてようござるな。稽古が足らぬというならば、この新宮鷹之介がお相手仕ろう」

鷹之介は、ここで初めて鋭い目を向けた。

祐之助もそれなりに武芸を修めた男である。この武芸帖編纂所の若き頭取は相当遣うと、その物腰で悟った。

「いやいや、それには及びませぬ……」

軍門に下った覚悟で、鷹之介の前で畏まったのである。

十二

安住祐之助は、余ほど恐ろしくなったのであろう。すぐに勝太郎の許に遣いを送り、今後は武具店には寄りつかぬようにするので、これまで不快なことがあれば許してもらいたいとの由を伝えた。

勝太郎は狂喜した。

昨日、武芸帖編纂所の、新宮鷹之介なる頭取が俄に訪ねてきて、武具店は武芸者になくてはならぬものであり、その屋台骨が傾くようでは困ると勝太郎に苦言を呈し、

「安住祐之助と手を切りたいと思っているのならば手を打つゆえ、主殿の存念を聞きたい」

と、迫った。

一目見て信頼出来る人だと思った勝太郎はその勢いに押され、

「どうぞよしなに願いまする。わたしも付合いたくて付合っているわけではございませぬ。食いものにされているのも承知いたしておりますが、なかなか付合いを断つこともできずに……。情けないことでございまする……」

勝太郎は本音をさらけ出したのだが、こんなに早く、それが叶うとは——。

祐之助の遣いは、中倉平右衛門の存在については一切伝えなかった。

それは鷹之介が配慮して、平右衛門が祐之助を訪ねたことは、武具店にはゆめゆめ伝えてくれるなと言い置いたからであった。

勝太郎はじっとしておられずに、新宮家屋敷に遣いをやって、まずこの度の御礼言上をさせた上で、挨拶に伺いたいのでいつならばよいかと問い合わしてきた。

「それならば母上殿と共に、明朝参られよ。話を聞こう」

鷹之介は自らが応待して、翌日を待った。

果して菊栄、勝太郎母子は、備前長船《びぜんおさふね》の短刀を手土産に、いそいそとやって来た。

近頃になって武芸帖編纂所なる役所が出来たとは、仕事柄噂に聞いていたが、まさか武具店にまで足を運び、難儀を知るや助けてくれるとは思いもよらず、

「御礼の申し上げようもなく、ただただ驚いております」

勝太郎が平身低頭で礼を言上すれば、

「ここまでしていただきますのには、何か深い理由が……」

菊栄は挨拶をすると、恐る恐る何ごとがあったのかと訊ねたものだ。

鷹之介はにこやかに母子を見て、

「岩田瀬兵衛殿への恩義を、未だに忘れておらなんだ御仁がいたということでござる」

と言った。

そして、高宮松之丞を呼び、

「爺ィ、武具屋の主殿に、ざっとあらましを伝えてくれ」

と、申しつけると、

「菊栄殿には、隣の武芸帖編纂所の庭に咲き始めた梅を御覧にいれましょう」

「梅を、でございますか？」

込み入った話は息子に話しておくゆえ、自分には梅を見せてやろうという若殿の気遣いであろうかと、菊栄は未だ肌艶衰えぬ顔を少し上気させて、鷹之介に付き従った。

編纂所は新宮邸の隣にあるらしい。

「畏れ入りまする……」

門を潜り、武芸場に面した庭に、紅白の梅が美しく咲いていた。

「まあ、美しゅうございます……」

このところ、ずっと心の内を悩ませていた、勝太郎と不良旗本の交遊が消えてなくなり、立派な旗本に連れられて梅を眺められるのだ。

思いもかけぬ幸せであった。

亡くなった勝太郎の父親は、息子に負けぬ調子のよさで、遊び好きであった。色々苦労も絶えなかったが、菊栄を大事にしてくれた。梅も桜も見に連れていってもらったが、十年前に亡くなってからは、まだ半人前の勝太郎の後見に忙しく、そういえば、花を愛でる余裕もなかった。

また新たな〝安住祐之助〟が現れて、勝太郎にまとわりつくかもしれぬが、この度の出会いが息子を少しは変えてくれるだろう。

そう思って見上げる梅は美しかった。

「先ほど菊栄殿は、何か理由があるのかと申されたが……」

不意に鷹之介が言った。

「はい……」

それは今、息子が聞いているのではないのかと、菊栄は小首を傾げた。

「勝太郎殿に語り聞かせる理由と、貴女に聞かせる理由は、少しだけ意味合が違うておりましてな」

「はて……」

「しかも、あれこれ語るよりも、会うてもらえばすぐにわかると思うたのでござる」

「と、言いますと……」

目を丸くする菊栄の前に、数人の武士の姿が映った。

水軒三右衛門と松岡大八がその中にいたが、菊栄には誰かわからぬ。

しかし、一人だけ見覚えがあるような……。

「もしや……」

菊栄の目がさらに丸くなった時、その一人である中倉平右衛門が、菊栄の姿に気がついた。

「こ、これは……。頭取、御勘弁を……」

平右衛門は頭を抱えた。

「中倉平右衛門先生……。この御方が、安住屋敷へ道場破りに参られたのでござる」

鷹之介はそう言うと、にこりと笑って屋敷へ戻った。

三右衛門と大八は、頬笑み合って、二人をその場に残して武芸場へと向かった。

「あ、いや……」

菊栄を一人にも出来ず、平右衛門は深々と頭を下げた。

「お変わりなきようで……」

「貴方様も……」

菊栄はすべての事情が呑み込めた。

しばし二人は互いに頭ばかりを下げていたが、門の外で鷹之介が、

「さて、今日も励みましょうぞ！」

と、明るく叫んだ。

これはかつて稽古の後は少し暇があるという、平右衛門が菊栄に伝える合図であった。

菊栄は一瞬何のことかと首を捻ったが、真っ赤な顔をしている平右衛門を見て思い出した。

菊栄は、その誘いに応えて、あの日と変わらぬ丸く張り出したおでこを右手でなでてみせた。

こんな時は、女の方がはるかに余裕がある。

紅白の梅が咲く下で、二人はぽつりぽつりと話しだした。

菊栄には会わぬつもりでいたが、言葉を交わすうちに、平右衛門は鷹之介のはからいに深く感謝していた。

「三右衛門……」

「何だ、大八……」

初老の武芸者二人は、自分達よりさらに年長の二人の初々しい姿を尻目に、

「頭取も満更唐変木でもないようだ」

「ああ、お前よりはな」

「それは認める……」

「ふふふ、だがのう……」

「なんだ？」

「人のことには粋なはからいはできるが自分のこととなると……」

「なるほど、それが頭取か」

「ふふふふ……」

「はははは……」

初老の武芸者二人の背後で、はらはらと紅白の梅が散った。

第四章　早抜き

一

船津家用人・本多礼三郎は、その誠実な人柄を、主君・船津出羽守に認められ、信を得ている。

出羽守は、やがては幕府の要職に就く者との呼び声高く、定府を命じられているので、本多用人を召す機会も自ずと多くなる。

彼の人となりを、しっかりと見極めているのだ。

とはいえ、本多は自分が寵《ちょう》を受けているとわかるだけに、私的な考えを述べたり、進言や願いごとなどは一切しない。

そこに気を付けねば、家中で妬《ねた》みを買い、佞臣《ねいしん》と中傷されかねない。

「言いたい者には言わせておけばよい」

という覚悟は持っているつもりであるが、あらぬ疑いをかけられたりすると、却って己が務めが果し辛くなることを本多礼三郎は、よく心得ているのである。

この努力が功を奏して、本多用人が出羽守に何か言上する件があるのなら、それは余ほどの理由があるのだと、家中の者を納得させられるまでになっていた。

それゆえ、中倉田之助の死によって中断を余儀なくされている、作田喜平探索並びに成敗を、田之助の父・平右衛門に引き継がせるという案件も、すぐに話が通った。

もちろん本多のことであるから、まず江戸家老、留守居役《るすいやく》など押さえるべきところは巧みに押さえた。その上で、

「殿にはそなたから申し上げればよかろう」

と、いうところまで漕ぎつけ、

「新宮鷹之介を上手く味方に引き込みつつ、作田を討つ……。そちのよきにはからえ。中倉平右衛門の想いも殊勝《しゅしょう》じゃのう。彼の者を死なせぬように、武運を祈っ

ておるぞ」

出羽守の許しを得たのである。

彼が根回しをしていた数日の間、中倉平右衛門は、人生における気がかりであった、かつての想い人・菊栄の屈託を晴らしてやり、後顧《こうこ》の憂《うれ》いを断った。

そうして、船津家上屋敷へ入り、田之助の住まいであった御長屋の一室を宿りとした。

それを本多から報された、田之助の奉公人であった、下男と女中が、

「お世話をさせていただけましたら、嬉しゅうございます……」

喜んで御長屋へ戻って来たものだ。

本多礼三郎と中倉平右衛門の追討は、こうして始まった。

表向きは、悲運の死を遂げた中倉田之助の功を称え、当分の間は平右衛門を客分として武芸場に迎えつつ、本多が江戸見物に連れてやる——。

ということにした。

「これでも、田之助殿が動かれぬようになってからも、探索は続けておりましてな」

本多は、平右衛門の脚力を気遣いつつ、小日向《こひなた》、牛込《うしごめ》辺りの通りを歩き、そのように告げた。

時折、江戸に遣いに来る国表の家中の士が、その度に町を歩き、作田らしき者の姿がないか求めていた。

いささかのんびりとした探索ではあるが、作田喜平の顔を一目見てわかる家来となると国表でも限られてくるし、その家来達を集めて江戸に送るのも憚《はばか》られた。

何よりも、作田喜平は腕が立つ。

船津家の士達が、逐電した彼を許さず、ひたすら追手をかけていると気付かれたら、かえって見つけにくくなるであろう。

本多とすれば地道に探るしかなかったのだ。

日頃は編笠を被り、小者の三平《さんぺい》を一人連れて、閑職の武士が物見遊山《ものみゆさん》に出かけているかのように振舞っていたが、

「思えば、平右衛門殿が一緒だと、見廻りもしやすうござる」

と、本多は喜んだ。

作田は平右衛門の顔を知らぬし、老人と連れ立って歩く中年の武士が、まさか自

分を討ちに来たのだとは思うまい。

「身体壮健《しんたいそうけん》とは申せ、少し老いた風情を醸《かも》してくだされればありがとうござる」

本多は平右衛門に注文をして、平右衛門もよくこれに応えたのである。

とはいえ、たとえこの辺りに作田喜平がいたとしても、江戸は広い。

作田も兵法をそれなりに心得た武士である。

抜け道を巧みに使えば、密集した武家地の通りは、迷路のように広がっている。

昼間や、日の高い間の外出を避けているとすれば、尚さら発見は難しくなる。

心の中は焦れども、まったく何の手がかりも摑めないまま、たちまち三日が過ぎたのである。

二

一方、新宮鷹之介は、作田喜平を内々で討ち果さんとしている船津家ではあるが、

「容易く出てはくるまい。これはなかなか大変であろう」

と、気を揉んでいた。

「これは船津家御家中のことでござれば、我ら公儀武芸帖編纂所は、一切関わり合わぬようにいたしましょう。さりながら、これも何かの縁にござる。知らぬ顔をしながらも、そっと御助勢いたしたく存ずる……」

鷹之介は、田之助の遺品から作田喜平を討ち果せなかった無念が綴られた手記を発見した平右衛門が、

「ならば、倅の代わりに是非この、中倉平右衛門を御役立てくださりませぬか」

と、本多に願い出た時、彼の想いが叶うよう後押しをして、件のごとく想いを伝えていた。

知らぬ顔をしながらも、そっと助勢をする――。

己がお節介を認めろと言ったに等しいが、大地流抜刀術を保存する意味においても、平右衛門を死なせるわけにはいかないので、

「これもまた頭取としての務めだ」

と理屈をつけて、平右衛門が本多と共に動き出した今、自分はまず何をすべきか、頭を捻った。

水軒三右衛門と松岡大八も共に考えたが、結局、行き着く先はひとつであった。

「まず、何と言うかわからぬが、上手く説き伏せてみよう」

鷹之介が向かった先は、麻布市兵衛町《いちべえちょう》の東にある御先手組《おさきてぐみ》屋敷であった。

この度の居合騒動のきっかけを作った、剣友・大沢要之助を訪ねたのである。

その日、要之助が非番であるのは、密かに甘酒屋の儀兵衛から聞いていた。

「これじゃあ、どちらの手先なんだと叱られちまいますねえ……」

儀兵衛は頭を掻いたが、博奕《ばくち》打ちの息子に生まれ、やくざ者として生きてきて危うく殺されそうになったところを助けてくれたのは水軒三右衛門であった。

その縁で、三右衛門が柳生新陰流の型を教えていた御先手組与力に預けられ、火付盗賊改方で差口奉公をするようになったのであるから、儀兵衛は編纂所からものを頼まれると嫌とは言えないのだ。

ましてや、若き頭取・新宮鷹之介に惚れ込んでいる彼としては——。

要之助は、鷹之介の顔を見ると、

「儀兵衛から聞いたのですね……」

ニヤリと笑った。

「いや、たまさか通りかかったので訪ねてみたのだが、非番であったとは間がよかった」

鷹之介は惚《とぼ》けてみせる。

「左様で……。やはり縁があるようで、嬉しゅうございまするな……」

要之助も、少し見ぬ間にすっかりとたくましくなり、人の企みに敏《さと》くなってきている。

鷹之介が、通りすがりに寄ったなどとは端《はな》から思っていない。彼もまた惚けてみせて、

「とは申せ、わたしに何か用があったのではございませぬか？　まさか、あの辻斬りの手がかりが摑めたとか？」

と、訊ねるのであった。

「ははは、実はそのことでな……」

鷹之介は苦笑して頷くと、船津家の名は伏せつつ、作田喜平なる者についてのあらましを伝えた。

「なるほど、そ奴が江戸に逃れた後、食い詰めて辻斬りをしでかした。と、考えたとておかしゅうはございませぬな」

要之助は目を光らせた。

「となれば、我らはその者に追手がかかる前に捕まえねばならぬということでござる……」

「さあ、そこで相談があるのだ」

鷹之介は、中倉平右衛門の悲痛な覚悟を説き、

「どうにかして、その老人に息子が果せなんだ無念を晴らさせてやりたいのだ」

と、想いを告げたのである。

「辻斬りが作田喜平であったとすれば、火付盗賊改方は手を出さず、黙ってその御老体に討たせてやれと……？」

要之助は探るような目を向けた。

鷹之介は悪びれることなく、

「それだけではない。その中倉平右衛門にそっと手を差し伸べてやってもらいたいのだ」

「つまり、我らがこれまで探索してきた手がかりを吐き出せと申されるのですか？」

「いかにも」

「鷹様、それは御勘弁くだされ。話を聞けば、中倉殿の心意気には大いに胸を打たれますが、辻斬りは江戸市中で起きた一件です。我らとてこれを捕えて仕置をいたさねば、火盗改は何をしているのだと、世のそしりを受けましょう」

「下手人を手を汚すことなく成敗できるのだ。悪い話ではあるまい」

「そうかもしれません。どちらが捕えようが、裁こうが、下手人がこの世からいなくなるわけですから、町の者にとっては幸いなことでしょう」

「その上に、中倉平右衛門の面目が立つではないか」

「しかし、火付盗賊改方としての面目が立ちませぬ」

「それはこの際、武士の情けだ、脇へ置いてもらえぬか。まだこの一件は要さんの手の内にあるのだろう」

「脇へは置けませぬ。追手をかけている御家は、家中の者が辻斬りを働いたと、世間に知られたくはないはず」

「内々のこととして収めるであろうな」

「内々にされては、辻斬りは正体を暴かれ、二度と世には出られぬようになったと、町の者達に知らしめられぬではありませんか。それを知ってこそ、皆は枕を高うして寝られるのですぞ」

「ははは、まずそこが辛いところだな」

「笑いごとではありません」

要之助は顔をしかめた。

この辺りのやり取りは、三右衛門、大八と予想をしていた鷹之介であった。

「そこはそれ、辻斬りはいずれにせよ世に出てこれぬのであるから、火付盗賊改方で見つけ出し、確と成敗いたしたと触れてしまえばよいではないか」

「我らが手で捕えておらぬのに、でござるか？」

「捕えたところを誰も見てはおらなんだ、そういうこととてあろう」

「世の者を欺けと？」

「嘘も方便という言葉もある。それで、息子の代わりに命を投げ打つ、六十を過ぎた武士が本懐を遂げられるのだ。美しい話ではないか」

「まあ、言われてみると、確かに美しゅうござるが……」

「わかっている。要さんとてひとつの役所の中で暮らしているのだから、上とのやり取りが要るのだろう。そこは任せておいてもらいたい」

鷹之介は言葉に力を込めた。

「これでも、おれは火付盗賊改にはひとつ貸しがあるのでな」

言われて要之助は、なるほどと頷いた。

二年前の秋。

火付盗賊改方で不祥事があり、要之助もそれに巻き込まれて謹慎を余儀なくされる事態となった。

この時、鷹之介は鎖鎌術を編纂していて、心ない火付盗賊改方同心が、村の娘に手を付けんとして、鎖鎌術を密かに継承する娘の兄に討たれた秘話を暴いた。

この一件には、他の同心の不正も絡んでいて、村の百姓一家の口を塞がんとして動いたところ、これを察知した鷹之介に捕えられた。

鷹之介はしかし、そ奴らをあくまでも火付盗賊改方の名を騙《かた》った賊として引き渡し、若年寄・京極周防守にもそのように報告した。

周防守は不祥事を直感しつつ、

「新宮鷹之介に借りができたようじゃな」

と、火付盗賊改・長沢筑前守《ながさわちくぜんのかみ》に告げて、厳しく自浄《じじょう》を促したのである。鷹之介が武芸帖編纂所の長として、ことを分けて話せば、どうにでもなる話であろう。

鷹之介は、船津家から筑前守に内々に付け届けが行くように画策するつもりでもある。

互いにとって悪い話ではないのだ。

そこまで言われると、要之助は否《いな》とは言えまい。

「鷹様、わたしに異存はござりませぬが、そこまでお考えならば、たかが同心のわたしに問い合わせることもござりますまいに……」

まず筑前守に話を持っていけば、上から自分に指令が下りてきて、否《いや》も応《おう》もなく鷹之介を自分の方から訪ねたものを——。

要之助は呆れ顔で鷹之介に言った。

鷹之介は真顔で、

「何を申すか。おぬしを飛び越えて、お偉方に直談判する鷹之介ではないわ。上が言うからどうこうではなく、大沢要之助の存念を訊きに参ったのだよ」

「では、わたしが否と申せば」

「諦めて帰るしかあるまい。他の手立を考えるさ」

「これは畏れ入ります」

要之助は、鷹之介の友情に胸を熱くして、

「いや、鷹様は立派になられた……。ならばわたしも、上役が何と言おうが、これまでの調べをまずお伝えしましょう」

と、鷹之介の想いに応えて、辻斬りについての探索の経緯を、ひとつひとつはっきりと語り始めた。

その内容はというと、

「さすが要さんだ。すっかりと腕利きになったではないか……」

思わず膝を打つものであった。

三

作田喜平探索を再開してから四日目の昼下がり——。

本多礼三郎は、中倉平右衛門と共に、神楽坂の北東にある築土明神《つくどみようじん》前の茶屋で新宮鷹之介と会っていた。

茶屋は葭簀《よしず》掛けの内に長床几《ながしようぎ》がいくつか並んでいるのだが、店は居付《いつき》で、母屋には小座敷があり、まだ風が冷たい二月初めとなれば、込み入った話をするにはありがたい。

ここを見つけて誘いをかけたのは、鷹之介であった。

船津家の上屋敷へ訪ねるより、二人の見廻り中に、どこかで会う方が何かと楽であったからだ。

この日の密会が、火付盗賊改方同心・大沢要之助から得た情報を二人に伝えるためのものであるのは言うまでもない。

「真に忝うござりまする……」

本多は、どこまでも合力《ごうりき》してくれる鷹之介の厚情に謝し、深く感じ入った。

平右衛門もその傍らで、出過ぎぬようにと心得てか、ただ神妙な顔をして頭を下げていた。

「さりながら、さすがに火付盗賊改方の動きは手慣れたものにござりまするな」

もし、例の辻斬りが作田喜平であったとしたら、自分達が見つける前に、火付盗賊改方が仕置にかけていたであろうと、本多はつくづくと言った。

要之助は、辻斬りの下手人に気付かれぬよう、

「下手人は既に江戸を出てしまっていて、最早捕えようがない……」

そのような噂を荒くれが集う酒場で真しやかに流させると、まず斬られた武士の方を丹念に調べあげた。

斬られたのは才田半右衛門《さいだはんえもん》という男で、蓄財に長けた風流人であった。

親の代からの浪人であったが、父親が高利貸をして財を成し、半右衛門がそれを元手に利殖を重ねたらしい。

父親とは違い、稼ぎ方にも無理がなく、使い方も粋で、三十にして親はない、金はあるとなれば随分と寄ってくる女もあったという。

子供の頃から武芸も修めていたから、〝旦那〟と敬われ、誰からも一目置かれていたわけだが、さして汗もかかずに金を得るのだ。きれいごとばかりではいかぬのが人の常である。

よからぬ者との交流もあったはずだと調べていくうちに、彼の父親がかつて雇っ

ていた用心棒に、河野浩右衛門《こうのひろえもん》なる浪人者がいたことがわかった。

大沢要之助はこ奴に目を付けた。

河野浩右衛門は、知る人ぞ知る腕利きの用心棒で、時には香具師《やし》の元締と呼ばれる者から、殺しの依頼も受けていたようだ。

鮮やかな手口で、的を一刀のもとに斬殺するのが身上で、一仕事を終えるとしばらく姿を見なくなる。

火付盗賊改方が放つ手先達の報告によると、浩右衛門はほとぼりを冷ますために江戸を出て、その間は旅先で一仕事を済ませ、また江戸へ戻る日々を繰り返していると見られる。

だが、それはいずれも憶測の域を出なかった。

河野浩右衛門が、恐るべき居合の達人であるゆえ生まれた伝聞であるとも言われている。

その噂の元になったのは、さる豪商の用心棒を務めている時に、金を積まれて断り切れず、花見の宴で様斬りをしたことである。

浩右衛門は、客達の前で桜の枝を、まるで花を散らさずに斬り落した。

それが余りに鮮やかであったので、人目を引いてしまったのだ。

とはいえ、憶測だけで河野浩右衛門を怪しみ、引っ立てようとする同心は、町方にも火付盗賊改方にもいなかった。

もし、人斬りが彼の仕業であったとすれば、声をかけた瞬間に、自分の首がそこに転がっているかもしれないのだ。

しかし、大沢要之助は興をそそられた。

それほどの遣い手ならば、この目で見て確かめたくなってくる。

何よりも、彼にとっては正義が勝る。

殺された才田半右衛門の父親の用心棒をしていたのならば、当然、半右衛門とも付合いはあったはずだ。

このところ河野浩右衛門の消息は知れなかったのだが、江戸に戻っているとの情報が要之助の許に入っていた。

それで範囲を縮めている最中に、彼は鷹之介の訪問を受け、中倉平右衛門、田之助父子の話を聞かされたのである。

「これからというところで、いささか残念ですが、その中倉平右衛門殿に、武士として少しでも肩入れをしたくなりますねえ……」

要之助は、いくつかの情報を鷹之介に教えると、

「何か動きがあれば、わたしもそっとお手伝いをいたしますので、いつでもお声がけください」

と言って、一旦この一件から手を引いたのであった。

「河野浩右衛門……」

本多は唸った。

河野浩右衛門は時として江戸を離れていたという。

その先が船津家の城下で、そろそろ用心棒暮らしから足を洗おうと思っていると、武芸者の新規召抱えがあると聞き及んだ。

そこで名を作田喜平と変え、まんまとその腕を見せつけ、武芸指南として船津家に潜り込んだ。

ところが、目付の野川柳三郎に正体を見破られ野川を殺害して再び江戸へ戻り、河野浩右衛門に戻った――。

そのようには考えられないか。

本多の鼻息は、俄然荒くなった。

「まずその河野某を見つけ、面体《めんてい》を検めることでござるな」

話すうちに鷹之介も興奮してきた。

「頭取にはお伝えしておきましょう」

本多は言葉に力を込めた。

「国表から真に頼もしい助太刀が遣わされる運びとなりましてござりまする」

「頼もしい助っ人……?」

「この御仁も、抜刀術の名手でござりまして……」

名は上村槌太郎《うえむらつちたろう》。

国老・三雲典膳の縁者であるという。

幼少の折から武芸に励み、今年で三十になるのだが、江戸育ちでこの十年の間は方々に武者修行に出かけていた。

中倉田之助が体調を崩したので、典膳は槌太郎を旅先から呼び戻し、江戸で本多の助太刀をするように命じたのだ。

「ほう、上村槌太郎殿……。頼もしい助太刀になりそうでござるな」

鷹之介は共に喜んだが、いざとなった時、平右衛門ではなく、その上村槌太郎が討ち果すことになると、平右衛門も本懐を遂げたとは言えまい。

そこがいささか気になるところであったが、

「この度は、あくまでも平右衛門殿の加勢をしてもらうつもりにござりまする」

本多もそこは心得ているようだ。

上村槌太郎もまた船津家の家臣ではない。武芸一筋で武士の情けに厚い男であるというので、喜んで平右衛門の助太刀として戦ってくれるだろうと、本多は確信していたのである。

「それは何よりでござる」

鷹之介はそれを聞いて安堵した。

平右衛門ほどの腕ならば、本多と協力すれば、まず後れをとることもないと思うが、何が起こるかわからない。

二人共に、作田喜平の刀の錆となるかもしれぬのだ。

いざとなれば、いつでも編纂所の方から、鷹之介、三右衛門、大八が駆けつけられるようにしておかねばならぬかとさえ考えていたが、さらなる追討が来るのならば打ち損じる恐れもなかろう。

「中倉先生……、御武運を祈っておりまするぞ」

鷹之介はそう言って、平右衛門を鼓舞《こぶ》すると、大沢要之助から仕入れてきた情報をひとつひとつ本多に説いたのである。

平右衛門は、ただただ鷹之介に頭を下げていたが、

――世にはかくも美しい若侍がいるものか。

心の内ではそればかりを叫んでいた。

――いや、倅の田之助も人にはやさしく、友には義理堅く、正義感に溢れる男であったのかもしれぬ。

そして鷹之介への想いは、成長をはっきりと見られぬまま別れていった息子への哀惜に変わるのであった。

四

その翌日から、本多礼三郎はいつものように、小者の三平を従え、中倉平右衛門

と共に、目白《めじろ》不動の周辺を見廻った。

大沢要之助が、この界隈に河野浩右衛門の足跡を認めていたのである。

もちろん、彼らしき者を見かけた人も、この辺りで河野という名を使っているかまではわからなかった。

要之助の調べでは、河野浩右衛門は大胆な悪事をしてのけるかと思うと、用心深く姿をくらまし、裏社会の者達の目も欺くほどの自制が利く男だというのだ。

だが、どんな悪人も悪事を重ねると、いつか綻びが出るものだ。

まっとうな暮らしが出来ぬゆえ、罪を犯さねば方便《たつき》を立てられないので、自ずと破滅への道を歩んでしまうのだ。

こそ泥は盗みを繰り返すから捕まるが、大泥棒はただ一度の仕事でその後、罪を犯さず暮らせるから、捕まる度合が少ない。

河野浩右衛門は、用心棒の陰で殺しも請け負っていたと思われるゆえ、それなりの金を稼いでいたはずである。

とはいえ、その金を大きくするだけの才覚はない。とどのつまり人を斬り続けるしか能がない。

もし、先日の辻斬りが浩右衛門の仕業であったとすれば、まさしく大きな綻びが出たというところであろう。

殺された才田半右衛門を調べれば、その関わりが問えるというものだ。

とにかく大沢要之助は、河野浩右衛門の顔を知る密偵を集め、辻斬りを取り逃がして火盗改は嘆いていると噂を流させ、市ヶ谷、牛込、小日向の辺りを徹底して見廻った。

才田半右衛門は、赤城《あかぎ》明神門前に近頃浪宅を構えていた。

浩右衛門は、どこかから江戸へ戻ってきて、その近くに隠れ住んだが、そこで半右衛門の姿を見かけ、接触を試みた。しかし何らかの理由で争いとなり、彼を斬殺し、行きがけの駄賃に財布を盗んだのかもしれない。

そして浩右衛門は、何か仕事をこなした折は徒らに遠くへ逃げず、ある程度ほとぼりが冷めた頃になってから旅へ出るのがいつもの手口であるとの情報が入っていた。

その結果、手先の一人が目白不動の雑踏で、河野浩右衛門らしき男の姿を目撃するに至る。

生憎《あいにく》その場は見失ってしまったが、軽装で下駄をはいていたというから、近くに住んでいるように見えたという。

さて、そこからが本多礼三郎の出番となった。

大沢要之助が放った密偵は、一旦その役目を終えて引き上げた。

すれ違いざまに一刀両断にされる恐れのある相手であるから、皆一様に胸を撫で下ろしたであろう。しかし探索に慣れた密偵達と違って、本多は作田喜平に顔を知られているだけに慎重にならざるをえず、なかなかに難しい探索となった。

それでも、河野浩右衛門らしき男は一度目白不動に姿を現したのである。

まず目白不動に日参し、その周辺を歩いていれば、いつかは行き当るであろうと、焦らず通うことにした。

その辺りは、有能な火付盗賊改方同心である大沢要之助の勘に縋ってみようと考えていたのだ。

どんな難題に行き当っても、御家の立場を考え、ひとつひとつきっちりと片付けていくのが本多礼三郎の信条であった。

——河野浩右衛門はきっと来る。

要之助の密偵が拵えてくれた、河野浩右衛門の似顔絵は、実に作田喜平に似ていた。

本多は日に日に、辻斬りの下手人が河野浩右衛門で、こ奴の正体が作田喜平ではないかと思えてきた。

そうこうするうち、目白不動探索も五日目となり、船津家江戸屋敷に、上村槌太郎が到着した。

噂通りの偉丈夫で、喋り口調もはきはきとしていて、律儀で正義感に溢れた好男子に思われた。

「上村槌太郎でござる。御城代は某にとっては父も同じ。その命《めい》となれば命をかけて、御助勢仕りまする」

槌太郎は、中倉田之助の不調によって、城代家老・三雲典膳に呼び出され、一旦船津家国表へ入り、急いでやって来たのだが、情報はほぼ呑み込めていた。

「出しゃばって功名を争うようなことはいたしませぬ」

と、中倉平右衛門を気遣いつつ、

「とは申せ、この先は共に命がけでことに当る者同士でござりますれば、互いの術を見せ合いとうござる」

まず武芸場へ出て、己が抜刀術と、剣術刀法の型を披露した。

「速い……」

さすがは国老・三雲典膳がわざわざ旅先からでも呼び戻した男である。

抜刀の速さと冴えに、本多と平右衛門は唸った。

今は亡き中倉田之助に引けはとらぬ。いや、それ以上の遣い手かもしれぬ。

だが、二人以上に感嘆したのは、平右衛門の術をまのあたりにした、上村槌太郎であった。

「これはお見事……」

彼は目を見開いて、平右衛門の技をひとつひとつ満足気に見ると、

「いやいや、安堵いたしましてござる。中倉先生と某が組めば、作田喜平など恐るるに足りず……」

抜刀術、居合術などというものは、咄嗟の襲撃にいかに応じるかが根本にある。

となれば、それは逆に必殺の抜き打ちともなる。

居合を極めた殺人鬼と対するのは、抜刀、居合が何たるものかを心得ている者で

ないと務まるまい。

作田の技の強みも、平右衛門と上村槌太郎相手となれば半減してしまおう。

「某がついておりますゆえ、心おきなく田之助殿の代わりをお務めくだされ。なに、中倉先生が危ない目に遭われるはずはござらぬ。某も御用人もついておりますゆえ……」

槌太郎は士気旺盛《しきおうせい》で、彼もまた船津家が作成した作田喜平の似顔絵と、新宮鷹之介経由で届けられた河野浩右衛門のそれとを見比べて、

「これはいよいよ、決着がつきそうでござりますな。それにしても、あの何ごとにも抜かりのない小父上《おじうえ》、いや三雲典膳様が、とんでもない破落戸を召抱えてしまわれたとは、世の中は何が起きるかしれませぬな……」

上村槌太郎は、なかなかに能弁でもあった。

五

恐らく、作田喜平は河野浩右衛門と同一人物であろう。

本多礼三郎は、浩右衛門らしき男を見つけ、それが作田かどうかを判じるため、変わらず目白不動周辺を探索し続けた。

彼には中倉平右衛門と、上村槌太郎という強力な仲間がいる。

平右衛門もすっかりと探索に慣れたようで、どこかの武家の隠居が、日々暇潰しに目白不動に参拝に来ている風情を醸し、本多と付かず離れず道行くこつを摑んでいた。

槌太郎はというと、彼もまた器用なところがあり、本多扮する寺侍の若党の趣で、付いて歩いていたのである。

さらに小者の三平が、そっとこれに付き従い、繋ぎと雑用を務めた。

しかし、この一行も、何者かに自分達がそっと見られていることには、まるで気付かなかった。

彼らがいつ河野浩右衛門に遭遇するか——。

それを甘酒屋儀兵衛がそっと見届けんと、乾分の伝吉《でんきち》達を巧みに配し、見張っていたのである。

追討の一団は、探索に夢中になるあまり、自分達に向けられる目までは察知出来ないでいた。

日頃から江戸という大都で悪人を追いかけ回している、火付盗賊改方の手の者とは、玄人と素人の違いがあった。

「だが、なかなか様になっているぜ……」

儀兵衛は、ほのぼのとした心地になっていた。

彼の隠密行動は、

「せっかく続けてきた探索ゆえ、そっと様子を見ておいてくれぬか」

という大沢要之助からの要請であったが、それを強く要之助に勧めたのは、新宮鷹之介であった。

公儀武芸帖編纂所としては、船津家中のことには一切立ち入らぬようにすると約しつつ、

「知らぬ顔をしながらも、そっと御助勢いたしたく存ずる」

などと、どちらとも言えぬような発言をして、私人としてのお節介を匂わせていた鷹之介である。

大地流抜刀術師範・中倉平右衛門の無事を確かめるのは、頭取の務めだというわ

けだ。

新たな助っ人の上村槌太郎にも興をそそられていたのだが、

「立派でいかにも強そうな武士」

と聞いて、それならば平右衛門の身も安全というものだが、鷹之介は何やらどうも、

「おもしろくない……」

のである。

自分が干渉せずとも、何とかことは収まろうとしているのが気にくわないのではない。

考えれば考えるほど、作田喜平という男が、しっくりとこないのである。

船津家国表で武芸指南として召抱えられた作田喜平は、目付の野川柳三郎を斬って逐電した。

江戸へ逃げたのではないかと思われるゆえ、船津家としては、武門の意地をかけて、これを斬って捨てよと中倉田之助に指令を出した。

三雲典膳は、作田の逃走経路を探らせると、江戸へ逃げたのではないかと推理し

たらしいが、逃げた方角だけで決めつけるのは、いささか無理があろう。

鷹之介が本多にそれを訊ねると、典膳が作田を召抱えるに当って、彼の経歴を問うと、江戸で長らく剣術修行をしていたが、なかなか認められず、旅に出たのだと応えたそうな。

となれば、土地勘のある江戸に逃げたのではなかろうかと考えられる。

そして、たまさか江戸上屋敷へ所用あって出向いた家中の士が、国表に戻る道中、作田にそっくりな男を千住《せんじゅ》の宿で見かけたと話した。

それで、作田が江戸で隠れ住んでいるのではないかと見て、中倉田之助に密命が下ったのだと本多は言った。

その辺りの理屈はわかる。

だが、ここへきて、作田喜平は江戸にいた頃は、河野浩右衛門と名乗る怪しげな浪人ではなかったのかと、作田、河野の同一人物説が浮上した。

殺しの手口が同じであるし、火付盗賊改方が示した浩右衛門の似顔絵は、まさしく作田の顔に似ているというので、その確率はますます高くなってきた。

河野浩右衛門は、謎に包まれた武士であるが、桜の枝を花を散らさずに斬り落したほどの腕の持ち主である。

かつては厳しい修行をしていたはずである。

その折は河野浩右衛門という名でもなかったのかもしれない。

将来有望な剣士であったが、何か過ちを犯したことから人生が狂い、河野浩右衛門という名の不良浪人になってしまった。

そしてまた、何かの理由で江戸に居辛くなり、旅に出たところ、船津家が武芸指南を求めていると知り、作田喜平と名を変え、好い具合に仕官を果した。

しっくりこないのはそこであった。

「河野浩右衛門は、どのような心境で作田喜平となり、江戸から遠く離れた地で、武芸指南役に落ち着かんとしたのだろう」

鷹之介は、そこにもやっとしたものを覚え、水軒三右衛門と松岡大八にぶつけてみた。

「いや、実は某もしっくりときておりませなんだ」

三右衛門は、鷹之介の疑問はもっともなことだと頷いた。

大八はそれを聞いて、

「三右衛門は、今さら五十俵ばかりの禄をもって大名家に仕えるなどは、面倒ではないかと言いたいのだな」

と、思い入れをした。大八も同じ想いだが、こんな時は違う意見を述べてこそ、鷹之介の思考が広く深いものになると彼は心得ている。

「河野浩右衛門は、三十をとうに過ぎているのであろう。ふと思ったのではないか。おれも一度は宮仕えというものをしてみたいと」

彼はそのように推測してみた。

「ふふふ、今まで用心棒や人斬りで稼いできて、金には困っておらぬゆえ、道楽で仕官をしてみよう……そう思ったと申すか」

三右衛門は笑ったが、

「道楽で宮仕え……。そのようなつもりで仕官をしたゆえ、すぐに見透かされて、化けの皮がはがれた、か」

考えられぬことでもないと、すぐに頷いてみせた。

道楽で武芸指南役など務めはしたが、すぐに嫌になり、目付に家臣としての姿勢を糾《ただ》され口論となり気が付けば相手を斬っていた。

三右衛門は大八の意見にも一理あるとしたが、大八は首を捻りつつ、

「だが、道楽で宮仕えをしてみようという者ならば、もうちと愛敬《あいきよう》があってもよさそうなものだな。目付を斬り、江戸へ逃げて、またそこで辻斬りをするとも思えぬ」

やはり自分の言ったことは見当違いだと、すぐに打ち消した。

すると鷹之介は、二人の話に頭がほぐされたのか、

「こういうことも考えられぬかな……。河野浩右衛門は、目付の野川柳三郎を斬るために、船津家に仕官を求めたと……」

と、新説を唱えた。

「なるほど……」

「頭取、そうかもしれませぬな」

三右衛門と大八は、はっとして頷いた。

中倉平右衛門、田之助父子の物語に気がいき、

「何故、作田喜平が野川柳三郎を、抜き打ちに斬り倒したのか」

そのことについて深く考えてこなかった。

しかし考えてみれば、作田が河野浩右衛門であれば、旅先で武芸指南役の取り立てがあったゆえに、そこに身を投じたのではなく、初めから船津家の城下に潜入するつもりであったと考える方がしっくりとくる。

草履の鼻緒をいじりながら、人に殺気を覚えさせぬように振舞い、いきなり斬りつける。このような男には、冷徹な人斬りの印象が強い。

無論、どのような理由であれ、作田喜平は家中の士を斬って逐電したのには違いない。

それを追い詰めて、必ず討ち果さんとする船津家の意向は頷けるし、取り立てて間なしの者に恥をかかされたくはないゆえ、密かにことを成せとの想いもわかる。

「本多殿は何かを隠しているのかもしれぬな……」

船津家のことには一切関わらぬつもりの鷹之介であるが、次第に色々な疑念が湧いてきて落ち着かなかった。

武芸帖編纂所の頭取に就任して二年。

新宮鷹之介の思考力は、見違えるほどの成長を遂げていた。

六

新宮鷹之介が、武芸帖編纂所内でやきもきとして、水軒三右衛門、松岡大八と想像を巡らせていた二日後であった。

本多礼三郎は、いつものように編笠を目深《まぶか》に被り、若党姿の上村槌太郎、小者の三平を従えて、目白不動の境内を行き来していた。

少し離れて、中倉平右衛門もまた、境内中を巡ってお参りをしていたのであるが、鐘楼の傍らを通り過ぎた時、四肢に力強い緊張が漲《みなぎ》るのを覚えた。

船津家が作成した作田喜平の似顔絵。火付盗賊改方が作成した河野浩右衛門の似顔絵。この二つがぴたりと頭の中で重なる武士が、前方から歩いて来たのだ。

着流しに下駄ばき。細身の太刀を落し差しにした様子は、先日、儀兵衛から聞いていた〝河野浩右衛門らしき浪人〟そのままであった。

平右衛門は、大きく伸びをしてみせた。

その合図を認めた三平が、そっと本多に異変を告げる。

本多は平右衛門を見る。平右衛門は本堂へ向かう参詣客の一群に顎をしゃくった。

本多の体がびくりと揺れた。

彼の目は、笠の下で件の浪人を凝視していた。

上村槌太郎が、頷きかけた。

本多は、ゆっくりと編笠の先を右手で軽くつまむと、二度下へ下げてみせた。

「あの浪人こそ、正しく作田喜平」

との合図であった。

四人は、浪人の後をそっとつけた。

作田喜平に違いなかった。やはり作田は河野浩右衛門であったのだ。

とはいえ、船津家としては、それはどうでもよい。本多は主命にて、あくまでも船津家に一度は仕えた作田喜平を討たねばならぬのである。

作田は本堂裏手の掛茶屋の床几に腰を下ろして茶を飲んだ。

それを四人はそっと本堂の陰から見守った。

「あの者が作田喜平でござるな……」

問いかける平右衛門の声も、さすがに上ずっていた。

あの日。佐竹家に仕えていた折に追手を務めた時もそうであった。いざとなれば真剣を抜いて戦わねばならない。

そう思った瞬間の武者震いは、全身波打つごとくであった。

作田は悠々と茶を飲んでいる。だが刀は左手がいつでも鞘に届くところに置いている。

平右衛門はじっとその姿を見て、初太刀の間合を目で計った。

今、彼の両脇に人はいない。

既に船津家は、町奉行、寺社奉行、勘定奉行へ届けを出している。領内を出た咎人を捕えることの許しを請うものである。

平右衛門は本多にひとつ頷き、床几へ向かって歩き出そうとした。

「あいや待たれよ……」

それを上村槌太郎が止めた。

「今はまだ人通りも多うござる。奴もそれなりに心得た者ゆえ、人ごみの中に紛れて逃げられても困りまする」

異変に気付いた作田が、一刀を浴びせた上でそのまま逃げ出すかもしれぬと言うのだ。

一度逃げられると、次に見つけるのは大変であるし、船津家の恥辱《ちじょく》ともなろう。

「上村殿の申される通りだな……」

本多は目で平右衛門を制止した。

「あ奴は今、まるで追手がいるとは気付いておりませぬ。奴の居所を突き止めて、ここぞという折を見はからって一気に攻める、それが得策ではござるまいか……」

槌太郎は低い声で言った。

それも道理であった。

今、作田喜平はのんびりと茶を飲んでいる。

しかし武芸を修める者の心得として、いつ誰に襲われても対処出来るように、外出の折は心身を緊張させているはずだ。

それならば、住処《すみか》に辿り着いたところを狙った方が、作田にも気の緩みが出ているかもしれないと槌太郎は、考えたのである。

「だが、それでは咎人相手に闇討ちを仕掛けたような後味の悪さが残りませぬかな」

平右衛門は首を傾げた。

家中の士を斬って逐電した男を見つけたのである。

堂々と出て行って、討ち果せばよいではないのだろうか——。

「わたしが後れをとったとしても、こちらには上村殿がいる。さらに御用人も後詰となってくださりましょう」

「相手に余計な口を利かさずに討ち果す。それが主命なのでござりましょう」

槌太郎は、本多の顔を見た。

「いかにも……。今がその時ではないようでござる……」

万が一にも打ち損じることがあってはいけないのである。本多は槌太郎の意見を聞き容れて、

「幸いこちらは四人。あ奴は一人でござる。形《なり》から見ても、住処は近いはず。四人で奴の跡をつけ、もし気付かれたらその場でかかり、首尾よく住処を探り当てられたら、様子を見て、再び出て来たところを討ち果しましょうぞ……」

そのように断じた。

平右衛門に異議はなかった。

四人は少し距離をとり、物陰から囲むようにして作田を見張った。

やがて茶を飲み終えた作田は、ぶらりぶらりと歩き始めた。

これを四人は注意深くつけた。

とりわけ上村槌太郎は、諸国行脚《あんぎゃ》の内に身につけたのであろうか、

「まず、わたしを見失わぬようにしていただけたらようござる」

と、尾行の中心を務め、なかなかに見事な働きを見せた。

道の端により、時には路地を回り込み、先回りをしつつ、巧みに作田の跡を追う。

本多、平右衛門、三平は彼に気をつけていればよいので、ぎこちのない尾行にならなくてすんだ。

作田は豪胆な男なのか、火付盗賊改方が流した、辻斬りの下手人は江戸を出て、探索が厳しくなっているとの偽情報に踊らされているのだろうか。さして警戒している様子は見られない。

それこそ幸いである。

作田は下駄を鳴らしながら、南へ進路をとっていた。

神田川《かんだがわ》の上水を渡ると、向こうには広大な早稲田田圃《わせだたんぼ》が見えた。苗代が美しい青

を描いている。

田園の手前に関口水道町《せきぐちすいどうちょう》があり、のんびりとした町家が続いていた。

宗傳寺《そうでんじ》と田地と町屋の境目に、ぽつんと一軒、小体だが瀟洒《しょうしゃ》な趣のある仕舞屋《しもたや》が建っている。

周りには百姓の蔵と、料理屋の裏塀が続いているだけで人気はなく、四人は蔵の陰に身を潜めながら、そっと仕舞屋へ入っていく作田を見ていた。

家の中から姿を現したのは、二十五、六の粋な年増女であった。

それ者上《しゃ》がりで、旦那に囲われてこの仕舞屋を与えられたが、年寄りの旦那はあまり来ることもないのか、それとも死んでしまって、ここをもらったのか――。

抱きつかんばかりに迎える女の様子から見ると、作田は巧みにこの女の許に転がりこんでいるのであろう。

抜刀も速いが、女に手を出すのも早いようだ。

「福田《ふくだ》の旦那！　どこへ行ってたんですよう」

女は作田をそう呼んだ。

河野の他にも名があるらしい。

「ゆっくりしていられぬのだが、お前に会いとうなってのう……」

作田の声がかすかに四人に届いた。

本多と槌太郎は、ぱっと顔を輝かせた。

今、作田は〝ゆっくりしていられぬ……〟と言っていた。

となると、やがてまたあの仕舞屋を出るのである。

ここは人から顔がささぬところであるゆえ、作田は時に女の許に身を寄せているのであろうが、それは追討の手の者にとっても、実に戦い易い。

女を抱きに来たのであれば、いつも以上に気も緩もうというものだ。

これは天が与えてくれた好機だと喜んだのである。

本多は平右衛門に、

「再び出てくるところを狙いましょうぞ」

と、告げた。

「左様でござるか……」

平右衛門は、それほど得策とも思えなかったが、既に真剣勝負に挑む覚悟は出来ている。

ここは本多の意に従った。

しかし、あまり長い間待つことになると、体の備えが調えにくい。いざという時にしっかりと体が動くであろうか。それが気にかかった。

さらに、平右衛門はこの風景に堪《たま》らぬ無情を覚えていた。息子のやり残したことを、自らの手で完遂してやろう。それが息子へのせめてもの供養だと考えた平右衛門であった。

その強い想いの一方で、作田喜平を追う己が姿に、二十数年前の一件が覆いかぶさってくる。

あの時。

家中の者を斬って逃げた男を、彼は追いかけた。

男が逃げ込んだところも、こんな仕舞屋であった。そこは城下の職人の家で、男は職人を縛りあげて金を奪い、そっと裏口から逃げようとした。

平右衛門はそれを見逃さなかったが、待ち伏せる間に、寒風が平右衛門の体を固くしていた。

やがて出て来た男の前に進み出て、

「逃げるつもりか！」

と、一声をかけた。

相手は平右衛門が抜刀術の遣い手であることを知っている。

声をかければ、斬り合う愚は避けると思ったのだ。

だが人は興奮を覚えると、思いもかけず凶暴になり、我を忘れるものである。

斬られる——。

その恐怖が男を勝負に走らせた。

とどのつまりは、平右衛門に斬られて男は死んだ。

平右衛門は仕留めた喜びより、今ひとつ体がしっかりと反応せず、咄嗟に足を斬ることが出来なかった不覚に悩んだ。

それがために、佐竹家から出て、長閑な地で田畑を耕しながら暮らす道を選んだのだが、

——あの日、相手を殺しておらなんだら。

という想いは身について回った。

楢葉の地で大地流を開いたのである。来し方に悔いはない。

それでもあの日。見事に足を斬っていれば、息子の田之助と袂《たもと》を分かつことはなかったのかもしれない。

息子の短命が定めであったとしても、その死に立会い、納得も出来たであろう。

いよいよ決戦を前に、平右衛門の胸の内にいくつもの想いが浮かんでは消えていた。

七

――おっと、こいつは大したもんだ。

儀兵衛は唸った。

彼は中倉平右衛門の動向を探っていたのだが、本多礼三郎がついに作田喜平こと河野浩右衛門を見つけたのを見て興奮を募らせていた。

儀兵衛の想いは多岐にわたっていた。

ひとつは、火付盗賊改方同心・大沢要之助の辻斬り探索が、狙い目通りにぴたりとはまっていたことだ。

儀兵衛は河野浩右衛門の顔を直に拝んだことがなかったので、他の密偵の仕事となっていたのだが、この連中が浩右衛門の行動範囲を特定したのであって、本多一行はその仕上げをしたに過ぎぬのだ。

儀兵衛は、贔屓《ひいき》にしている新宮鷹之介の剣友に相応しい、大沢要之助の成長ぶりが嬉しくて堪らなかった。

ここまで下手人を追い詰めながら、鷹之介に請われて、さらっと船津家の追討に引き渡すというのも洒落ているではないか。

そして何よりも、中倉平右衛門の亡き息子への想いが、いよいよ結実するのかと思うと、大いに胸を打たれた。

——まあ、河野浩右衛門も、思いの外間抜けな野郎だが、船津の旦那方も無邪気なもんだぜ。

いくら抜刀術に長けていても、こうして作田喜平追討をそっと見張られているのに、まるで気付いていないのがおかしかった。

——まず、こんなものよ。

己が密偵としての成果にも満足していたのだが、儀兵衛は今あることに不審を覚えていた。

ここまで、そっと本多一行に張りついていたのだが、自分以外にももう一組の者が、彼らをそっと見張っているのに気付いたのである。

それは、浪人風の武士の二人連れで、〃いそ〃〃しち〃と呼び合っていた。

二人ともに、三十絡みで引き締まった体に、鋭い目をしている。

儀兵衛は抜かりがない。

自分達の他にも、本多一行を見張る者がいないとも限らないと、細心の注意を払っていたので、いそとしちには気付かれずに、本多一行の動きとは別に、二人の動きをも捉えていた。

この二人が気になりだしたのは、上村槌太郎が探索に加わってすぐのことであった。

初めのうちは、いざという時のために、船津家がさらに腕利きの二人を付けているのかと思っていた。

目立たぬように、そっと討ち果せとの密命とはいえ、ここにきて船津家の方も念を入れたのであろうと。

だが、本多用人はまるで二人の存在に気付いてないように見える。

となれば、河野浩右衛門に手下がいて、そっと護衛させているのかもしれぬと、儀兵衛は緊張を高めたが、どうやらそうでもないらしい。

新宮鷹之介と大沢要之助が、本多一行の動きが気になって儀兵衛を張り付かせているように、何者かが一行の成功を密かに見届けているように感じる。

それが気になり始めて、遂に河野浩右衛門を見つけた彼らの快挙を手放しで喜べぬもどかしさを覚えていた。

儀兵衛は料理屋の板塀の内から、そっと件の仕舞屋を窺い、伝吉達乾分からの報せを受けている。

河野浩右衛門探索中から、この辺りの主だった店には上手く話をして、いざという時のために渡りをつけてあった。

今、本多一行は百姓に頼んで、蔵に身を隠して仕舞屋を見張っている。

そして件のいそとしちは、蔵のさらに向こうにある地蔵堂に潜んでいると乾分から報せが入った。

地蔵堂には伝吉が巧みに近寄り、様子を窺っているという。

「福田の旦那……」

と呼ばれていた、作田喜平こと河野浩右衛門が仕舞屋から出てくるのにはまだ間があるだろう。

儀兵衛は忙しなく頭を働かせていた。

新宮鷹之介に報告をしに赤坂丹後坂へ立ち寄った時に、ふっと洩らした鷹之介の一言が気になっていたのだ。

「河野浩右衛門は、そもそも野川柳三郎を斬るために、作田喜平と名を変えて、船津家の懐の中にとび込んだのかもしれぬな……」

そんなことを考えているのだと、鷹之介は笑ってみせたが、そう言われると儀兵衛も気になった。

河野浩右衛門は、腕を買われて用心棒や刺客などをこなしていたという。

凄腕であっただけに引く手数多《あまた》であったから、随分と気儘《きまま》な暮らしを送っていたはずだ。

それが一時の気の迷いや、男のたそがれで、僅かな禄で主持ちになるだろうか。

鷹之介の疑念はもっともである。

とはいえ、野川柳三郎を斬ったとて、誰がどんな得をするのだ。儀兵衛の想いはそこへ行きつく。私的な恨みがあったとしても、一旦、船津家中の士になってまで果すだろうか。少し手が込みいっていないか——。

武士の精神についてはわからぬが、数々の犯罪を眺めてきた儀兵衛は、損得勘定が考え方の基《もとい》となる。

やがて河野浩右衛門は討たれてしまうのであろう。

抜刀術の達人同士の決闘は見ものであるが、この状況では、浩右衛門に勝ち目はない。

何故彼が野川柳三郎を斬ったかについては、よくわからぬままに一件落着となるのだろうか。

いや、船津家の方でそれは内々に調べはついているのかもしれない。悪人が一人消えるのだ。そして中倉田之助がし残した主命も、その父によって達成されるのならめでたしだ。

傍観者があれこれ考える謂《いわ》れはない。

──悪党の最期ってえのは、呆気《あつけ》ねえもんだ。

ここでは福田の旦那、などと名乗って、また新たな人物に成り切っているつもりなのかもしれないが、火付盗賊改方と船津家の両方から追われてしまえばどうしようもない。

──まず高みの見物といくか。

今頃は、新宮鷹之介も大沢要之助も、どうなったかとさぞかし気を揉んでいるだろう。

それを思うとおかしかったが、思考が一巡すると、地蔵堂に潜んでいる、件の〝いそ〟〝しち〟を窺っていた伝吉が戻って来た。

「二人は何か話していたか？」

「へい。奴《やっこ》さん方は、やはり船津様がそっと追手の助っ人に付けた御家来のようですぜ」

「そうかい。それなら好いんだ……」

内密に討ち果せ、大勢の家来でかかっては討ち取ったとしても、何人も斬られたとしても御家の恥辱である──。

それゆえ今は四人での追討となっているが、やはり船津侯も、いざという時を考えて念を入れたのであろう。

儀兵衛はそのように解釈したのだが、伝吉の話では、

「おう、いそ……、上村殿のお手並拝見だな」

「だが、しち、こんな役目はしたくないものだな」

「そうぼやくな。うまくいけば、おれ達も手を汚さずにすむ」

「そうだな。作田喜平だか河野浩右衛門だか知らねえが、福田喜助《きすけ》もこれでおしまいだな」

「ああはなりたくないものだ。お偉方に乗せられて、目付を斬ったまではよかったが、とどのつまりはこの様よ……」

いそとしちは、そんな会話をしていたらしい。

「ただ親分、お偉方に乗せられてってえのがちょいとひっかかりますが……」

「馬鹿野郎、引っかかるどころじゃあねえや。それに、福田喜助……、あの二人はそう言ったんだな」

「へい……」

「福田って名は、最前女が、〝福田の旦那〟って言ったのが聞き初めだ」

「そいつは確かに……」

「どうして二人は喜助って名まで知ってやがるんだ……」

儀兵衛の頭の中に、あらゆる疑念と悪巧みの筋立がかけ巡った。

「こいつはどうもおかしいぜ……」

八

「そろそろ出て来るようです……」

興奮気味に表に出ていた三平が伝えた。

日は暮れ始めていた。

先ほど仕舞屋に入る時、作田喜平が言っていた通り、彼は出かけるようだ。

「もっとゆっくりしていっておくんなさいな」

甘ったるい女の声が家の中でしたのである。

中倉平右衛門は既に刀の下緒《さげお》で襷をかけ、袴の股立《ももだち》をとっていた。腰の愛刀・武蔵守兼中の手入れも十分である。

「いざ……」

平右衛門は、本多礼三郎、上村槌太郎に力強く頷くと、百姓家の蔵から外へ出た。

不思議と体は震えなかった。

ここで死んでも本望だと思っていた。

自分が倒れても、上村槌太郎であれば作田を討てるであろう。少しでも役に立てれば、倅・田之助が主家にし残した奉公は完遂される。その安心が何よりの心の支えであった。

蔵の陰から窺うと、女にまとわりつかれるようにして作田喜平が出て来た。その間合がありがたかった。

平右衛門は、すっと前に出て、

「作田喜平殿でござるな」

静かに声をかけた。

三平は船津家上屋敷へと走った。

作田はぎくりとした顔を向けて、しっかりと右手に持った打刀を腰に差した。平右衛門の姿を見れば、この老人が自分に何をせんとしているのかはすぐにわかる。

その殺気は女に伝わり、情婦は真っ青な顔となって一目散に逃げ出した。

本多と槌太郎は、まだ蔵の陰にいる。

作田は相手が老人と見て、少し余裕がある。

斬られた野川柳三郎の身内の者が、仇と狙って来たのであろうと見た。

「作田喜平……、人違いだ……」

まずやり過ごそうとしたが、

「河野浩右衛門でも、福田の旦那でもよい。わたしは中倉平右衛門と申す。倅・田之助がここへ来るべきであったが、生憎先だって身罷《みまか》り、代わりを務めに参った」

「その歳で倅の代わりとは御苦労だが、田之助などという者は知らぬ」

「船津家で目付を務めていた者でござる」

「船津家……」

作田は顔をしかめて、やはり相手になるまいとして、

「何かは知らぬが迷惑だ」

歩きかけたが、その前に平右衛門は立ちはだかり、続いて蔵から出てきた槌太郎

が退路を断ち、

「中倉殿！　問答は無用だ！」

と、叫んだ。

有無を言わさず討つのが密命であった。

昔の自分を思い出し、感傷に陥ってはいけなかった。

平右衛門は、我に返ってじりじりと作田との間を詰めた。

「おのれ……」

作田は、ちらりと横に目をやったが、編笠を被った本多がそこにも立っていた。

作田は本多の顔を知っていたが、笠でよく見えなかったし、迫り来る老剣士の凄まじい気迫に、

――まずこ奴を斬って活路を開かん。

と身構えた。

平右衛門は、さらにじりじりと間を詰める。

無念無想の境地と人は言う。

しかし、この僅かな間に平右衛門は、真剣勝負の相手を前にして、夢を見ていた。

若き日の剣の師・岩田瀬兵衛との稽古。

その娘・菊栄と人目を忍んだ恋。

末を誓い合いながら別れねばならなかった時の無念。

そして、四十年近く刻が過ぎての再会。

「お別れした時は恨みに思いました。貴方様ではなく己が運命《さだめ》に……。そうして刻が過ぎ大人になって思いました。貴方様の方が数倍も、お苦しみになられたことだろうと……」

紅白の梅が咲く下で、美しく歳を重ねた菊栄はそう言って笑っていた。

その笑顔の向こうに、亡き妻と倅・田之助の笑い顔が見える。

「父上、わたしが父上の体に乗り移り、見事刀を抜いてみせましょう！」

田之助は小癪なことを言うのである。

――倅よ、我らが大地流の冴えを見よ。

間合が近づくにつれて、平右衛門の右手は刀の柄に、左手は鞘に近づいていく。

作田は既に、

「寄らば斬るぞ」

と、左の親指は鯉口《こいぐち》を切り、右手は柄に添えている。

――この老いぼれも居合か。

作田は己が抜き打ちを見切られているのを悟った。明らかに老人は初太刀の打ち時を見はからっている。

――だが、おれの初太刀をかわせる者などおらぬ！

そもその名は福田喜助。

大坂の蔵侍の子に生まれたが、算盤《そろばん》侍ばかりの中で、抜刀術、居合術に抜群の才を示し、江戸へ出て諸流に学んだ。

「ふん、この上方者《かみがたもの》が……」

ある夜、腕自慢の浪人者に絡まれたところを、気が付けばただ一刀の下に斬り捨てていた。

その時の快感が忘れられずに、いつしか己が術を邪《よこしま》なことに使うようになっていた。

誰でもよかった。先ほどまで、大きな口を叩いていた者が、自分がすれ違った刹那死んでいる。命のやり取りをする時の極度の緊張、それから解き放たれた時の恍《こう》惚《こつ》――。

武士の生きる道などしたり顔で説く、剣術師範になどなりたくはなかった。あらゆる流派を取り込んだ殺人剣を揮い、それで得た金で刹那刹那を生きればよいのだ。

まるで生き方は違えど、抜刀に命をかけてきた二人の剣が、今しも刃を交じえようとしていた。

本多礼三郎はもとより、剣をもって暮らしてきた上村槌太郎も、じりじりと間を近付ける二人の剣気に声が出なかった。

夕日が遠山を染めていた。

いつ、どの間合で抜刀するのか――。

平右衛門は、相手が抜く時が自分の抜く時と決めていた。

風が雲を動かしたか、ふっと辺りに陰りが出た。

「うむ……ッ」

何《いず》れの武士が発したか、低い唸り声がかすかに響いたかと思うと、両者はほぼ同時に刀を抜いていた。

その刹那、二つの刃は激しく火花を散らしたかと思うと、しばしいずれも遣い手の鞘の内に戻らなかった。

平右衛門と作田は、刀を振り下ろした姿を崩さなかったが、抜いた刀身をぶつけ合った後、二の太刀を繰り出したのかどうか――。

それはまったく見えなかった。

すべての刻が止まったかのような静寂が辺りを包み、やがて納刀したのは平右衛門であった。

「おのれ……」

作田は左の肘から左の高股を斬られ、思わず刀を取り落し、その場に倒れた。

あの日、足を斬るつもりが胴を二つに斬ってしまった平右衛門が、敵を殺さずに倒す、大地流を完成させた瞬間であった。

血に染まった作田を見て、本多も槌太郎も作田は既にこと切れたと思ったのだが、この時はまだ作田は息があった。

倒れた地から見上げると、編笠の中の本多礼三郎の顔が見えて、

「お前は、江戸用人の……、そうか城代家老に一杯食わされた……。三雲はおれと

野川柳三郎の果し合いにすると……」

作田はあろうことか、国老の三雲典膳への恨みごとを言った。

「何と……」

本多は、まじまじと作田を見た。

その時であった。

「何ゆえ止めを刺さぬ！」

激高した槌太郎が駆け寄って来た。

「待たれよ！」

本多はそれを制して、

「何を申すか」

「おれは、三雲に頼まれて野川を……」

「黙れ！」

槌太郎は、刀を抜くと作田喜平を背中から刺し貫いた。

「何をする！」

「本多殿……、お忘れか、有無を言わさず斬り捨てろというのが密命でござるぞ」

「いや、しかし、今この者は聞き捨てならぬことを申した」

「本多殿の申される通りでござる。相手は動かれぬのだ。せめて言い遺すことはないか、聞いてやるのが武士の情けではござらぬかな」

「なるほど、中倉先生はおやさしい……」

槌太郎は、しみじみと感じ入ったような表情をして、平右衛門の傍へ寄りつつ、刀を鞘にしまったが、次の瞬間、その刀は再び鞘を出て、平右衛門を斬った。

さすがに平右衛門は体をかわしたが、右腕を斬られその場に屈みこんだ。

「だが、そのやさしさが仇になったな……」

槌太郎は冷徹に言い放った。

「それでは、自慢の居合も遣えまい……」

「上村槌太郎……、おぬしは……」

本多は抜刀しつつ詰《なじ》った。

「有無を言わさず斬らぬゆえ、余計なことを耳にするのだ」

いつの間にか、本多の背後に二人の武士がいた。いそ、しちと呼び合う浪人者であった。

「そ奴を斬れ。おれはこの老いぼれに止めを刺す。今なら人目に触れぬ、早ういたせ」

と、命じた槌太郎が、平右衛門に近付かんとした時であった。

「待て！　待たぬか！」

料理屋の塀の陰から声がしたと思うと、槌太郎めがけて棒手裏剣が飛んできた。

槌太郎はこれを見事によけたが、その隙に本多が平右衛門の前に回り込み、彼を庇《かば》った。

いい、いそとしちは槌太郎の両脇に付き、本多を斬らんとしたが、そこに三人の武士が駆けつけ、

「公儀武芸帖編纂所頭取・新宮鷹之介である！」

高らかに若侍が名乗りをあげた。

「何だと……」

槌太郎は、その存在を話には聞いていたが、まさかこの場に現れるとは思いもよらず、一瞬怯んだ。

鷹之介と共に現れたのはもちろん、水軒三右衛門と松岡大八である。

二人は抜刀すると、いそとしちにそれぞれ向かった。

「頭取……」

本多は困ったような顔をしたが、

「大地流抜刀術の中倉先生を死なせては我らの恥辱。ここは頭取として出張らせていただく!」

鷹之介は、平右衛門を本多に託すと、ぐっと槌太郎に迫ったかと思うと、とび下がって抜刀した。

槌太郎の初太刀をかわすためであるが、既に刀を抜いていた槌太郎は、相手に刀を抜く間を与えてしまったことを口惜しがり、一旦納刀をして居合の構えをとらんとする。

しかし、鷹之介はそうはさせじと、槌太郎の態勢が定まらぬうちに、

「えいッ! やあッ!」

と、前へ出て斬り立てた。

槌太郎はかわしきれず、彼もまたとび下がって抜刀した。

これで上村槌太郎の抜き打ちはなくなった。ここからは抜刀の妙ではなく、刀法

の妙で戦うのだ。

——やっぱり大したもんだ。

やや遅れて駆けつけた儀兵衛が感嘆した。

いそいそとしちの言動に疑問を覚えた儀兵衛は、作田喜平が仕舞屋を出ぬうちにと、鷹之介に急を伝えた。

人の動向を案じ、いつでも危機あらば駆けつけられるように身を律し、走り出す。

それが鷹之介の信条であった。

「うむッ!」

鷹之介は間を詰めた。

槌太郎は、一旦納刀して新たな構えに持ち込めずに焦った。

こうなると、鷹之介はひたすら攻め立てて、相手に反撃の間を与えぬ。

鏡心明智流で鍛え、諸国行脚をした水軒三右衛門と松岡大八によって磨かれた、新宮鷹之介の剣はますます冴え渡る。

息をつかせず真剣を揮えば、相手はもう得意の技が遣えない。

すっと峰に返した鷹之介の一刀が、たちまちのうちに槌太郎の小手を捉えた。

「うッ……」

無念の表情で刀を取り落した槌太郎の首筋をさらに峰打ちに仕留めた時、既に三右衛門と大八によって、いそとしちも地に這っていた。

「お見事でござった！」

元気な中倉平右衛門の声に、鷹之介はほっと息をついたのである。

九

本多礼三郎は、有能な官吏《かんり》である。

すぐに町奉行に対して、領内で罪を犯した者を討ち取り、これに加担した者三人を捕え縛り上げたと報告し、作田喜平の遺体と上村槌太郎、いそ、しちの三人を船津家上屋敷へと運び込んだ。

右腕に怪我を負った中倉平右衛門であったが、気丈にも駕籠《かご》に乗り、本多に同道した。

新宮鷹之介は、近頃惚けてばかりいる。

武芸帖編纂所の用があり、中倉平右衛門を訪ねた折、偶然に平右衛門の危機を目撃し、助太刀した。

しかし、自分の役儀は大地流の保護にあり、船津家家中の仕置については一切関知せぬものとする。

そのように公儀の役所としての見解を示したのであった。

目は瞑っている、口は閉じているが、おかしな騒動に中倉平右衛門が巻き込まれるのならば、それは見逃しには出来ない。鷹之介は正義の裁きを促したのである。

船津侯は、鷹之介には一度会っているゆえ、この若き頭取には毛筋ほどの邪心がないことを理解していた。

信頼する本多用人も、同じ想いであったから、鷹之介の心得た処置に感謝して、作田喜平が野川柳三郎を討ったことに端を発した一件を徹底的に調べるよう命じた。

作田は既に上村槌太郎に止めを刺され、何も白状出来ぬが、死ぬ直前に彼が口にした言葉を繋ぎ合わせて考えると、作田喜平こと福田喜助は、城代家老・三雲典膳に雇われ目付の野川を殺害したことになる。

それをふまえて、さらなる詮議を進めると——。

武芸指南役として召抱えた作田が、武芸に秀でた野川と剣術を巡って口論となり果し合いに及んだ。

しかし遺恨は残さぬとの約定《やくじょう》があったゆえ、作田はお咎めなしとなる。

とはいえ、人を斬ったのである。作田もこのままではいられなくなり致仕して、船津領を出た。

典膳は、野川を斬った後はそのようにしておくゆえ、心おきなく討てばよいと言った。

作田は典膳の巧妙な話術に乗せられたようだ。

――一度くらい師範を務めるのも悪くない。

剣術に対する想いが湧きあがったのかもしれなかった。そうして一度は仕官した形にして、果し合いには程遠い、騙し討ちで野川を斬って船津領を退散した。

だが、これが典膳の罠であった。

作田は国境の百姓家で、一旦身仕度を整えることになっていた。

これは典膳の配慮と思われたが、実はこの百姓家で作田を油断させて始末するつもりであったのだ。

作田を目付殺しの咎人として始末すれば、領内の仕置として片付けられる。

つまり、手を汚さず、疑念の余地のない野川殺しを完遂させせんとしたのである。

三雲典膳は数人の重役と諮《はか》り、ここ数年にわたり隠田《おんでん》の年貢を横領していた。

それを目付の野川が嗅ぎつけて、典膳に自制を促した。典膳は色々と理由をつけ、隠田の年貢について弁明して、その場は言葉巧みに収めた。しかし野川は正義感の強い融通が利かぬ男であったから、いつまた騒ぎ立てるかしれない。

典膳は今さら不正を止めるつもりはなかったし、重役達も少しくらいの役得は認められるべきであろうと思っていた。

それゆえ、野川をいっそ殺して口封じをしようと考えついたのだ。

船津家は、当主・出羽守が定府で、国表の治政は城代家老の三雲典膳に任せきっている。

そうなると次第に本領では典膳が領主のように振舞うようになってくる。そして、専横が始まる。しかも典膳は重役達を仲間に引き入れ、領民からの評判も悪くないとなると、船津侯も何かにつけて、

――よきにはからえ。

となる。

家政は苦しくなかったので、典膳を疑うことはなかったのが災いした。

結局、野川柳三郎は、潔白であったがために抹殺されてしまった。

その後は、野川を斬った作田を討ち果し、

「武門の意地による果し合いとはいえ、あのような者を召抱えたのは、この三雲典膳の不覚でございました……」

城代家老は、そのように殊勝な態度を見せておけばよいのである。

ところが、ここで思わぬ事態が起こった。

国境の百姓家に来るはずの作田喜平が、現れなかったのだ。

念のため典膳は、野川殺害後の作田の動きは追っていたのだが、作田にしてみれば仕事もすませ金ももらったのだ。

逃走には慣れている。百姓家で身仕度を整える必要もなかった。

面倒を避けて、さっさと一人で領外に出ようとしたのだ。

この素早い動きに、典膳の手の者はついていけず、まんまと作田は船津領を出たのであった。

但し、作田は自分が同輩を斬って逐電したとされ、密かに船津家から追討が出ているとまでは気付いていなかった。

その後の火付盗賊改方の調べでは、作田喜平こと河野浩右衛門が犯した辻斬りは、作田が物持ちの浪人・才田半右衛門に金の無心をして断られ、それを恨みに思い待ち伏せしたというのが真相であろうとされた。

作田が死んだ今、詳細はわからぬが、どうやら作田は有り金を盗まれたか、紛失したらしい。

これほどの殺人鬼から金を盗む者も大したものだが、誰にでも油断はある。金に困ったことがない作田は、金には結構無頓着《むとんちゃく》であったのであろう。

そして手元不如意《ふにょい》となり、つい起こしてしまった辻斬りが、自分の命を縮めることになったのだ。

彼は火付盗賊改方から目を付けられ、船津家からも追手がかかっていると気付かなかった。

「とにかく敵は腕が立つ上に悪智恵が利く。有無を言わさず斬り捨てよ」

三雲典膳の手回しで、船津家江戸屋敷では、本多礼三郎と中倉田之助がこの命を受けた。

ところが、田之助の思わぬ逝去で予定が狂い、さらに父親の平右衛門の志願があり、話がややこしくなってきた。

田之助の逝去に伴い、典膳は身内で抜刀術の達人・上村槌太郎を江戸へ送り込む段取りを組んでいたのだが、後手に回った。

平右衛門が凄腕であると見てとった槌太郎は、共に作田を倒し、おかしなことになれば、その場で平右衛門と本多の口を封じてしまい、作田の罪にせんとした。

そのために、門人である磯野《いその》、七川《しちかわ》を呼んで、密かに見張らせていたというわけだ。

これが全ての真相である。

さすがに上村槌太郎は、詮議には固く口を閉ざしたが、命ばかりは助けてやると迫られた磯野と七川は知っている限りの内情を、ぺらぺらと喋ったのである。

船津家から武芸帖編纂所には、丁重な礼状と進物が本多礼三郎によって届けられた。

城代家老に弄ばれて、命の危険にさらされた本多であったが、彼はいたって冷静

で、改めて礼を述べると、

「殿におかれては、国表の政《まつりごと》を御城代ばかりに任せきりになっていたことを悔いられて、確と始末をつけるゆえ、お許しを願いたいとのことにござりました」

と、鷹之介に恭しく言ったものだ。

船津出羽守は、この度の一件に関わった者を悉《ことごと》く重罰には処さず、典膳に永蟄《えいちっ》居《きょ》を下すことで、御家の改革を進めるつもりであるという。

急激な改革は、かえって政を混乱させ、禍根を残すものである。寛容なところも見せ、典膳を始めそれぞれの言い分も聞き取った上で裁きを下す――。

若さに似合わぬ、なかなかに当を得たものである。

「はて、船津侯がわたしに何の礼を申されることがござろう。わたしはただ武芸帖編纂所頭取として、中倉平右衛門先生の難儀を救うたまでのこと。御家中の仕置については、この先どうなされるか、与り知らぬところでござりますれば、斯様《かよう》な物も無用にござる」

新宮鷹之介は、そのように応えると、礼状を火鉢にくべた。船津家の内訌《ないこう》について少しでも触れてある物は自分の周りには残すことではないという意思表示であった。

これには本多も感じ入って、

「武芸帖編纂に御役に立てるならば、何でもいたしますゆえ、どうぞお申しつけくださりませ」

と、深々と頭を下げたのである。

「それならば、中倉先生には編纂所にて御逗留願いたい」

上村槌太郎に手傷を負わされた中倉平右衛門は、船津家で手当を受けていたが、傷養生をするならば、編纂所の方が気も楽であろうとの配慮であった。

十

桜が咲き始めた。

火付盗賊改方同心・大沢要之助は遂に妻を迎えた。

新宮鷹之介は、その披露宴にも出席し、辻斬りの一件について謝意を耳打ちして、大いに祝った。

編纂所に戻ってきた中倉平右衛門の傷は、日に日に回復し、鷹之介は要之助も編纂所に招き、平右衛門から指南を受けた。

「うむ、これはありがたい御教授でござりまするな」

妻を得たというのに、鷹之介と稽古に励む要之助の姿は青年のままだ。

田之助の無念を晴らし、自分の抜刀術の完成を果した平右衛門は、もうすっかりと屈託もなくなり、元気そのものである。

高宮松之丞は、暖かな春の到来に目を細めつつも、

「殿は、大沢様の婚儀に出られて、何を思われたのであろうな……」

水軒三右衛門、松岡大八を捉えて、溜息をつくばかりである。

束の間の平右衛門による抜刀術指南は盛況で、編纂方気取りの小松杉蔵はもちろんのこと、別式女の鈴も合間を見つけては駆け付けてきた。

抜刀する鈴の姿は実に美しかった。

いつものように武家の若妻といった形でやって来て、その姿のままで武芸が揮えるかを稽古するのであるが、薙刀だけでは物足らぬのか、抜刀術まで習わんとするのは頭が下がる。

「すっかりと武芸場の〝お仲間〟にお成りあそばしたな……」

松之丞は武芸場に出向いては鈴の供に付いている村井小六に、溜息交じりに話しかけたものだ。

「不躾《ぶしつけ》ではござるが、鈴様もあの御様子では、婿をとって藤浪家御再興を遂げられるのには、まだ刻がかかりそうでござるな」

剣友の婚儀をまのあたりにしたというのに、相変わらず妻を迎える素振りもない鷹之介を憂い、松之丞は同じ想いであるはずの小六にこのような言葉を投げかけた。

「いや、それが……」

ところが小六は言葉を濁して、

「高宮殿を見込んでお話しいたしまするが……」

しかつめらしい顔をした。

「元より他言など致しませぬ」

何ごとが起きたのかと、松之丞は声を潜めた。

「それが……。藤浪家再興は、近々果されそうなのでござりまする……」

「何と……」

小六の話によると、鈴の亡父・豊後守に、奥女中に産ませた庶子《しょし》がいるとわかったのだそうな。

奥女中は、御家の騒動に巻き込まれてはならぬと、豊後守に願い出て、奥向きを去ると実家でそっと子を産んで育てていたのだという。

豊後守は、この事実を言い遺すことなく病に倒れ帰らぬ人となったので、長く知られていなかったのだが、将軍・家斉の命で、豊後守に庶子はおらぬのかと捜し出されたのだ。

家斉は、お気に入りの鈴をしばらく別式女で奥に出入りさせておきたいようで、彼女に婿を取らせて藤浪家を再興させるのが惜しくなってきたのに違いない。

それは鈴にしてもありがたいことで、姫はこうして己が天職ともいえる別式女として、日々武芸向上に励むのが楽しくてしかたがないのである。

「左様でござるか……」

松之丞は、ぽかんとした顔をした。

——ということは。

鈴は、自分さえその気になれば、家斉の許しさえ得られれば、他家へ嫁ぐことが出来るのである。

「そうなのでござる……」

頷く小六の表情は妙に明るかった。

「まず某は、藤浪家御再興が叶うたとて、鈴様にお仕えし続ける所存でござるゆえ、どうということもござりませぬが……」

「左様でござるか……」

武芸場では、中倉平右衛門の指南の下で、鷹之介と鈴が組太刀を演武している。

桜の花が、庭の景色を美しくしている。

とはいえ、花が満開となるには、まだ刻がかかるようだ。

光文社文庫

文庫書下ろし／長編時代小説
黄昏《たそがれ》の決闘《けつとう》　若鷹武芸帖《わかたかぶげいちょう》
著者　岡本《おかもと》さとる

2020年6月20日　初版1刷発行

発行者　鈴木広和
印刷　堀内印刷
製本　ナショナル製本

発行所　株式会社　光文社
〒112-8011　東京都文京区音羽1-16-6
電話（03）5395-8149　編集部
8116　書籍販売部
8125　業務部

ISBN978-4-334-79048-6　Printed in Japan

組版　萩原印刷

光文社文庫最新刊

新酒番船《しんしゅばんふね》	佐伯泰英
ドンナ ビアンカ	誉田《ほんだ》哲也
杜子春《とししゅん》の失敗　名作万華鏡　芥川龍之介篇	小林泰三《やすみ》
出張料理人ぶたぶた	矢崎存美《ありみ》
名探偵は嘘をつかない	阿津川辰海
彼女たちの事情　決定版	新津きよみ
黒幕《ビッグボス》　強請屋稼業	南　英男
白馬《はくば》山荘殺人事件　新装版	東野圭吾